# 君に光射す

Fuminori
Onodera

小野寺史宜

双葉社

# 君に光射す

# 目次


春　三十二歳……5
春から夏　二十八歳……56
夏　三十二歳……89
秋から冬　二十九歳……152
秋　三十三歳……191
冬から春　二十九歳……226
冬　三十三歳……251

装幀……山影麻奈
装画……嶽まいこ

# 春　三十二歳

人には光があり、陰がある。

どちらも同じ人のなかにある。それは変えられない。

二つは切り離せない。光があるから陰ができるとも言えるし、陰があるから光が見えるとも言える。

人は善行をする。悪行もする。一日で両方をしたりもする。例えば電車で高齢者に席を譲ったりするし、その後、道でごみをポイ捨てしたりもする。

そんなことを考えながら、職場の通路を歩く。商業施設のビル。そのバックヤードの通路だ。光か陰かで言えば、陰に当たる場所。

階段を下りていき、扉を開けてフロアに出る。光のなかに出ていく。

地下一階。そこには食品スーパーやゲームセンターやカフェがある。

その三つをつなぐ通路を行く。

カフェはフードコートのようなものではなく、独立した店舗。セルフサービスの店だ。通路のわきには店外席もある。デッドスペースをうまく利用した形。テーブル席がいくつもあり、わりと広い。

四人掛けのテーブル席に女子が一人で座っている。イスの背もたれにはもたれずに、ちょこんと。

長袖《ながそで》のシャツに丈が短めのパンツ、という私服姿。髪は肩まで。結べるほど長くはない。マスクは着けている。どう見ても小学生だ。三年生か四年生、といったあたり。

午後五時すぎ。学校帰りではない。ランドセルを持っていたりはしない。まあ、ランドセルを持って商業ビルをウロつく小学生はいないが。寄道は学校で禁止されているはずなので。

テーブルに飲みものや食べものは置かれていない。親が店内で何か買っているところなのか。

だが女子は店のほうを見ない。ママ早く来ないかなぁ、と思っている感じはない。一点を見つめているというのでもないが、視線は動かない。

ただ休んでいるのか。時間をつぶしているのか。

この段階ではまだ声をかけない。そんなことをしていたらきりがないのだ。ここは商業施設。小学生が一人で訪れてはいけない場所でもない。

今見るのはその通路だけ。すぐに階段を上り、一階へ。

建物は七階建てで、地下は二階まである。地下一階から七階まで、様々な店が入っている。その各階を順にまわっていく。

基本、客用のエレベーターやエスカレーターには乗らない。それが正常に作動しているか確認するために乗ることはあるが、よほどの非常時でもない限り、自身の移動のために乗ることはない。移動は階段でする。

各フロアでは通路も歩く。人の邪魔にならないよう気をつけはするが、身を隠そうとはしない。

ある程度目立つことも必要なのだ。存在することを周囲に気づいてもらわなければならない。

買物に来た人たちの目に僕らが留まることはないだろう。だが不穏な目的で来た人たちの目には留まる。この制服にはそんな効果がある。

そう。僕はそのために制服を着ている。つまり、警備員。もう少し言えば、常駐の施設警備員なのだ。

制服はまさに警備員のそれ。制帽に紺のブレザーに白の手袋。

ブレザーの右肩にはレニヤードが付いている。警笛《けいてき》吊《つ》りの紐《ひも》だ。警笛そのものは右胸ポケットに収めてある。

左胸ポケット前部には、身分証を兼ねたネームプレート。そこには社名と社員番号に続き、石村《いしむら》圭斗《けいと》、という氏名が記されている。

今のこれは定時巡回。施設との契約で定められた時間に歩いている。

また、定線巡回でもある。歩くコースも定められている。そうではない乱線巡回というものもあるが、今のこれは定線。

警備員だからといって、人をじろじろ見たりはしない。すれちがう人と目を合わせることもない。見るなら目の隅で見る。

買物に来た商業施設で警備員にじろじろ見られたら、決していい気はしない。声もかけられたくない。受け入れられるのは、いらっしゃいませ、と言われることぐらいだろう。

警備員も、それは言う。店員さんのようにお客さん全員に言うわけではないが、何かの拍子に目が合ったりすれば言う。商業施設での警備は、いわば接客警備でもあるのだ。

今日はウィークデー。火曜日。各階、混んではいない。土日や祝日にくらべれば、人の出はほぼ半分。地下の食品スーパーがこの時間からは少し混みだす程度だ。

一階ずつ上っていき、五階、ファッションとカルチャーのフロアを歩く。

通路の先にある店舗。その名を記した大きな文字がぼやけて見える。店名を知っているから読めるが、知らなければ読めないかもしれない。

目が悪くなってきたな、とあらためて思う。

数年前から感じてはいたものの、パソコンや本の文字は読めるので、あまり気にしていなかった。最近は、外を歩いていて、あれっと思うこともある。ビルの壁面に書かれた会社名が読めなかったり、離れたところにいる人の顔が見えなかったりするのだ。

はっきり感じたのは、半年前。車の運転免許を更新したときだ。

僕は免許を持っているが、車には乗らない。車そのものは持っていないし、レンタカーやカーシェアリングも利用しない。だから免許証はゴールド。ペーパードライバーであるがゆえの、優良運転者だ。

今三十二歳だが、二回めの更新のときからすでにゴールド。事故を起こしたことはないし、違反切符を切られたこともない。何せ、乗らないから。

二十一歳で免許をとり、二十四歳での最初の更新を経て、二十七歳からゴールド。その二十七歳のときでもうすでに不安があった。少しでも目が疲れていない状態で視力検査に臨もうと、前夜はよく眠るようにしていた。

　そこから五年置いての前回。よく眠っておかなきゃ、という気持ちが逆にプレッシャーとなり、前夜はそう長く眠れなかった。だがうかうかしていると更新期間が過ぎてしまうので、当務明け、すなわち夜勤明けにそのまま更新に行ってしまった。

　あれこれ手続きをして、いざ視力検査。カチャッと音がして検査機の明かりが点《つ》いた途端、うわっと思った。思っていた以上に、見えないのだ。

　アルファベットのCのようなあのマーク。上下左右のどこが開いているのか。必死に目を凝らして探った。凝らしに凝らしてがんばり、右、じゃなくて下、だの、上、あ、やっぱり左、だの言って、どうにか検査を終えた。

　そして係員にあっさりこう言われた。はい、じゃ、再検査をしますので、あちらへおまわりください。

　かなりあせった。その再検査で不合格ならどうなるのか。もちろん、更新はできないだろう。眼鏡《めがね》なりコンタクトレンズなりを用意して後日再挑戦、となるはずだ。至急あれこれ調えなければならない。仕事の合間にそれをしなければならない。

　案内された部屋に行き、再検査を受けた。

　ここは勝負だぞ、と思った。自動車教習所で修了検定や卒業検定を受けるときのような緊張感があった。

　再検査といっても、まあ、やることは同じ。初めの検査以上にがんばった。左、いや、下、いや、右、いや、上？　などと滑稽《こっけい》かつ真剣に奮闘した。

そのがんばりを評価されたのか、無事合格した。いや、無事でもない。再検査をしてくれた係員にこう言われた。

合格ではありますが、一応、お伝えしておきますと。あと一つまちがえていたら不合格でした。はっきり見えてはいないのだと思います。今回は合格ですが、次回は難しそうですので、早めに眼鏡をつくることをご検討ください。大事なのは、車に乗るときの安全ですから。

そうですよね。わかりました。と言ったあとにこうも言った。でもよかったです。たすかりました。ありがとうございました。

言わずにはいられなかった。本当によかった。その後一、二週間は、思いだすたびに、よかった、を嚙《か》みしめた。また五年間の猶予《ゆうよ》をもらえたことに感謝した。何ならそれが、近年あった一番いい出来事だったかもしれない。

で、結局、眼鏡はつくっていない。乗らないからいい、日常生活に不自由はないから次の免許更新のときまでにどうにかすればいい、と思っている。眼鏡やコンタクトレンズはつかいたくないのだ。どうも面倒に感じてしまう。

七階までひととおり見てまわると、非常階段を下りる。

この非常階段を通ることにも意味はある。不審者は、何かの下準備をするときに階段の踊り場を利用したりするからだ。エレベーターやエスカレーターにはお客さんの目があるが、非常階段にはそれがない。不審なことをしやすい。

とはいえ、今は無人。誰ともすれちがわずに一階に到着。

定時巡回は定刻どおりに終了。そのまま一階にある防災センターを兼ねた警備室に戻りかけるが。

あ、そうだ、と思いだし、もう一度地下へ。

念のため確認することにしたのだ。カフェの店外テーブル席を。

あの子はもういないだろう、と僕は予想する。小学生は一ヵ所で長くじっとしてはいられないはずなのだ。

が、いた。同じテーブル席に。さっきと同じような感じで。

ということは、どういうことか。

たぶん、行く場所がないのだ。

カフェの店員さんが気づけば声をかけるかもしれないが、店外では気づきにくい。テーブルを拭《ふ》きに来たときなどに気づいたとしても、ここはお店のお客さん用だから座らないでね、とは言わないかもしれない。待ち合わせをしている親が来て、お客さんになる可能性もあるから。

店員さんはそれでもいいが、僕は警備員、施設全体の防犯に努めなければならない。

距離をとってゆっくり歩きながら、女子を観察する。

先ほどは、三年生か四年生、と思ったが、四年生、と踏む。そのあたりを見分ける自信はあるのだ。不埒《ふらち》な意味でではなく。

僕の年齢なら一歳のちがいは大きくない。三十二歳と三十一歳の見分けはつかない。が、小学生年代での一歳のちがいは大きい。考えればわかる。十歳と九歳なら、一割ちがうのだ。

そして僕の見たところ、その子は四年生。この春から四年生、だと思う。

カフェの店外テーブル席に一人で二十分以上座っている小学四年生女子。声をかけてもいいだろう。警備員なら、むしろかけるべきだろう。

そう考えたところで、女子が動く。いきなり立ち上がり、小走りにそこから離れる。子どもらしい動きだ。身の軽さを感じさせる。イスは少しも音を立てない。

一瞬、見ていることに気づかれたのかと思った。

が、女子は一度もこちらを見ずに、僕の数メートル前を横切っていく。小走りをすぐに歩きに変えて。スタートのみ小走り。そこがまた子どもらしい。

そろそろと後ろにまわり、僕もそのままついていく。

女子はすたすたと歩き、ゲームセンターに入る。

僕も続く。

出入口からすぐのところがクレーンゲームのコーナーになっている。音楽ゲームやビデオゲームはもっと奥。誰でも入りやすいようそんな配置にしているのだと思う。だから小学生でも入りやすい。いいことではある。

今のゲームセンターは、何というか、健全だ。まず、雰囲気が明るい。

二十年前、僕が中学生になったころは暗かった。一言で言えば、場末《ばすえ》感があった。ビデオゲームが主だから照明が暗いのはしかたがないが、店の雰囲気までもが暗かった。たばこも吸い放題。店によっては、制服の高校生が普通に吸っていたりした。

当時はゲームセンターに入るだけで緊張した。こわい高校生に目を付けられないだろうな、カツアゲされないだろうな、といつもびくびくしていた。

だったら行かなければいいのだ。僕もそう思う。

実際、僕自身、進んでゲームセンターに行くタイプではなかった。ゲームは好きだったが、ハマるほどではなかった。ただ、友人に付き合わされたりはしていたのだ。

二十年前でも、すでに家庭用ゲーム機は普及していた。プレステ2が出ていたころだ。僕自身は持っていなかった。買ってもらえなかったというよりは、買ってと言いだせなかった。

家庭用ゲーム機を持っていてもゲームセンターに行きたがる人はいた。それがその友人、宮脇《みやわき》くんだ。家でやるゲームとゲーセンでやるゲームはやっぱちがうんだよ、というようなことを言っていた。

玄人《くろうと》みたいでカッコいいな、と思ったが、その先はカッコ悪かった。

宮脇くんは、一度ゲームセンターに行くとなかなかやめられなかった。五百円持っていたらその五百円を必ずつかいきり、千円持っていたらその千円を必ずつかいきった。

いつも所持金をつかい尽くしたうえで、圭斗貸して、と僕に言うのだ。百円貸して、のあとに、もう百円。そのあとにまた、もう百円。

毎回三百円は貸した記憶がある。中学生のころに僕が持ち歩いていたのもその程度。宮脇くんはたいてい僕の所持金までつかい尽くした。

いつも翌日には返してくれたから、貸すのを断りはしなかった。あまり気は進まなかったが、ゲームセンターに行くのを断りもしなかった。中学時代の友人関係はデリケートなのだ。付き合って、と言われたら断れない。

宮脇くんだって、そう思ってはいただろう。だからこそ、お金は翌日に返してくれたのだ。

文房具を買うとか何とか言って、親からもらっていたのだと思う。そうでなければ、お金がいきなり手に入るわけがない。

宮脇くん。そういえば、下の名前は何だったのか。名字は覚えているが、顔は中学時代のそれしか知らない。高校はちがったし、そこで分かれてからは友人として付き合うこともなかったのだ。中学の同窓会には僕自身行ったことがないから、会ったこともない。宮脇くんが同窓会に顔を出す人なのか、それさえも知らない。

ともかく。今はもうゲームセンターにあのころの緊張感はない。ゲーム機メーカーが運営するところがほとんどなので、そのあたりはきちんとしている。カツアゲ自体は今もどこかでおこなわれているかもしれないが、そこでは皆無だろう。

クレーンゲームのコーナーなどはむしろ明るい。照明自体が明るいし、雰囲気も明るい。女性が一人でいても違和感はまったくない。だから小学生女子も一人で入っていける。

今は高齢者もいる。こうして実際に見ているからよくわかる。メダルゲームやクレーンゲームに興じる高齢者は多いのだ。男性に限らない。女性もいる。

数年前からそうなったらしい。家庭用ゲーム機のほかにスマホゲームも普及したことで、ゲームセンターを利用する若い人たちは減った。それに伴い、ゲームセンター自体も減った。だが高齢者は増えているのだ。

孫の付き添いで来る人もいるし、家族連れで来る人もいる。なかには一人で来る人もいる。来る人は週に二度も三度も来る。

ゲームをすることが認知症予防になる、と言われるようになったことも理由の一つらしい。そう聞いてやってみたら楽しくてハマった。そんな人も多いという。ビデオゲームよりはメダルゲームやクレーンゲーム。それらには、ものを扱っているという手応《てごた》えがあるのだ。高齢者はやはりそこに価値を求める。

クレーンゲームのコーナーは広い。ゲーム機がいくつもある。

一プレイ百円、五プレイで五百円。店によっては五百円で六プレイできるところもあるが、ここは五プレイだ。一プレイごとにお金を入れる手間が省けるというだけだが、うまいやり方ではある。三、四プレイでよかった人たちも五プレイを選んだりはするだろうから。

女子はゲーム機のあいだの通路を歩く。

僕も距離を置いて続く。もはや完全に尾行だ。

初めは、どのゲームをやるか見定めているのだろうと思った。が、どうもそうではないらしい。

女子はクレーンゲームのコーナーをひとまわりし、さらにもうひとまわりした。そして一台の前で立ち止まった。景品がぬいぐるみのそれだ。

やるのかと思えば、やらない。ただそのゲーム機を見て、たまに右を見る。

三台隣のゲーム機。そこには一人の女性がいる。七十代後半から八十代前半ぐらい。夢中になってプレイしている。だが残念ながら景品はとれずにその回は終わる。女性は台を離れ、隣の一台、また隣の一台、と見て歩く。手提げかばんは足もとに置いたまま。だからその台に完全に見切りをつけたわけではないらしい。ほかにとりたい景品があるかを見てまわっているのだ。

突きあたりで女性が通路を左に曲がると、女子も歩きだす。女性がプレイしていた台に寄っていき、手提げかばんを拾い上げる。そして小走りに歩を進め、右に曲がる。そう。女性が曲がった左にではなく、右に。

あっと思う。女子は女性に手提げかばんを届けに行ったのではない。女性から奪ったのだ。初めから狙《ねら》っていたということだろう。クレーンゲームのコーナーを二まわり。あれは、獲物の物色のためだったのだ。一度めであそこに女性がいることはわかったはず。なのに二度まわったのは、近くに店員さんやほかのお客さんがいないかを確かめるためだったのかもしれない。

そして、張りこんだ。女性は望んだとおりに動いてくれた。手提げかばんは置いたままで。

小学生女子が、置引。そんな現場に居合わせると、さすがに動揺する。

僕ら警備員が万引犯や置引犯を捕捉《ほそく》できるのは、現認したときだけ。わかりやすく言えば、自分の目で行為を確認したときだけだ。

今のこれはまさに現認。捕捉していいというよりは、捕捉しなければならない。

いや、でも、と僕は思う。まだ置引と確定したわけではない、と自分に言い聞かせる。

実際には、女性の手提げかばんを持ち去った時点で確定。それは万引でもそう。自分のバッグに商品を入れたらそこでもう窃盗罪は成立する。

だが、レジを通さずに店を出て初めて成立、というのが一般的な認識だから、言い逃れができないようにするため、僕らも万引犯が店外に出てから声をかけることが多い。

この場合も同じだろう。女子が女性の手提げかばんを持ってゲームセンターを出たら、それはもうしかたない。捕捉にかかるしかない。

逆に言うと。女子がゲームセンターを出さえしなければまだ捕捉できない、と見ることもできる。

女子はもう一度右に曲がって通路を歩く。その先は出入口。

そこで僕は一気に距離を詰める。

もちろん、背後から肩に手をかけたりはしない。体に触りはしない。それはダメ。

だから大きめな声で言う。

「ありがとう」

女子は振り向き、立ち止まる。

驚くかと思ったが、そうでもない。驚きが表情に出たのはほんの一瞬。それはすぐに消える。というか、あきらめに変わる。

僕は続ける。

「おばあちゃん、かばんを持ってたはずなのに持ってないから、あれっと思ってね。よかった。君が預かってくれてたんだね」

僕は女子のほうに自分の左手を伸ばす。掌《てのひら》を上にして。

女子は何も言わずにかばんを渡す。僕の掌に手提げ部分が掛かる。かばんはそんなに重くない。財布だの携帯電話だのが入っているだけなのかもしれない。

女子が僕を見る。

何か言うのかと思って待つが、何も言わない。すぐに目を逸《そ》らし、下を向く。

だから僕が言う。

「おばあちゃんにこれ、渡しに行こう」

返しに行こう、と言いそうになり、あわてて言い換えた。返しに行こう、では女子が盗《と》ったことになってしまうから。

来た通路を引き返し、女性を追う。

女子もついてきてくれる。

女性は、もといた通路の一本先の通路で各ゲーム機を見ている。どれをやろうか、まだ迷っているらしい。

近づき、僕が声をかける。

「お客さま、すみません」

女性が振り向いて言う。

「はい」

僕は手提げかばんを差しだす。

「こちら、通路に置かれていると危険ですので、どうぞお持ちください」ほかのお客さんの通行の妨げになる、という意味にとられるかと思い、こう言い足す。「持ち去られたりしたら、よくありませんので」

「あら、ごめんなさい。置きっぱなしにしちゃったわね」と言い、女性は手提げかばんを受けとる。

置きっぱなしにした自覚はあるらしい。忘れたのではなくてよかった。この手の荷物の置き忘れも、商業施設では結構あるのだ。

女性が僕の後ろにいる女子を見て不思議そうな顔をするので、説明する。

「こちらのお子さんが、忘れものかと思って届けようとしてくれたみたいで」

「あ、そうだったの。それはどうもありがとう」

そう言われ、女子は下を向く。

女性にはうなずいたように見えたかもしれない。もしそうならそれでいい。

「では引きつづきお楽しみください」

そう言って一礼し、去る。

女子と二人、そのままゲームセンターを出る。壁際に寄って、立ち止まる。

小学四年生なら子ども扱いしすぎかな、と思いつつ、女子の前にしゃがむ。自分が女子を見上げる形にする。女子が下を向いてもいいように。

そこで女子を責めたりはしない。僕はただこう尋ねる。

「さっき、あっちでイスに座ってたよね？　コーヒー屋さんの外のイス」

それには女子もうなずいてくれる。

「ここへは一人で来たの？」

またうなずく。

「おうちの人が、あとから来る？」

今度はうなずかない。といって、首を横に振りもしない。

来ないのだな、と思う。だがそこまで。これ以上訊《き》くつもりはない。

女子は女性の手提げかばんを手にした。が、ゲームセンターからは出なかった。つまり何も起きなかったのだ。

「ああいうときは、先におばあちゃんに声をかけたほうがいいね。自分で手にすると、盗ろうとしたとか、そんなふうに見られちゃう可能性もあるから」

もうしないでね、という気持ち。それがこれで伝わるだろうか。

女子は何も言わない。やはり下を見る。僕の顔よりもさらに下。真下。自分の靴のあたりを見ている。かなり汚れた白い運動靴だ。ほとんど灰色と言ってもいい白。

自分が小学生のころに履いていた上履きを思いだす。あれもこんな色だった。ずっと洗わないと、そうなるのだ。

と、そんなことを思いだしたのは、女子の臭《にお》いのせいでもある。

こうして近づく前から気づいていた。僕の数メートル前を横切ったときに気づいたのだ。

女子の臭い。服や体の、臭い。

着ている長袖のシャツも長く洗っていないのだと思う。何週間も、下手をすれば何ヵ月も洗っていないだろう。よく見れば、ぽつぽつと小さな染みがいくつも付いている。今洗っても、落ちないかもしれない。

　度を越して長く洗濯をしなかったり入浴をしなかったりすることで服や体に染みついてしまう、臭い。独特の酸《す》っぱさを感じさせる、臭い。僕も知っている。かつては自分も放っていたから。

　自分が臭い、というのは強烈だ。

　これはもう理屈ではない。人は臭い人を好きになれない。自分が臭いなら、その自分を好きではいられなくなる。自尊心を持てなくなる。他人に指摘されても、否定のしようがない。自分で臭いと思っているのに臭くないとは言えない。受け入れるしかない。

　この女子が何故そうなっているのかはわからない。親のネグレクト、とは言いきれない。ただ貧しいだけかもしれない。どちらとも言えない。僕が言うことでもない。

　本当なら、僕は粛々と警備員の仕事を遂行するべきだった。女子がゲームセンターから出るのを待って、捕捉。警備室に連れていき、警察に通報。事情を説明して警官に引き渡し、お役御免。報告書を書いて、終了。

　それなのに僕は、こうしてしまった。報告書を書くのが面倒だったから。そうとられてもおかしくない。豊島達栄《とよしまたつえい》隊長ならともかく、中浦邦克《なかうらくにかつ》副隊長なら喜んでそうとるだろう。

　制服での保安警備は、私服でのそれとはちがう。目的は万引犯や置引犯の捕捉ではなく、予防。あくまでも、予防。だから、いい。僕は予防したのだ。被害を未然に防いだのだ。だからこれでいい。と、苦しい言い訳を自分にする。

そして女子には言う。

「もう暗くなるから、おうちに帰ったほうがいいね」

勤務を終え、着替えもすませて、通用口へ向かう。いつもは僕自身が人の出入管理をしている従業員通用口だ。

ここは商業施設。店の商品を持ち出そうとしていないか確認するために、従業員が退出する際は警備員が必ず所持品検査をおこなう。その従業員が女性であっても、バッグの中身を見せてもらう。それは僕ら警備員が退出するときも同じ。ただ、僕は何も持っていないので、検査はされない。いつもそうなのだ。自分で洗濯した制服のシャツなどを持ってくるとき以外、僕は手ぶらで出勤する。

だから今も、警備室にいる中浦副隊長にあいさつするだけ。

「おつかれさまでした」

「おつかれ。下番《かばん》報告したよな？」

「しました」

「した気になってるだけじゃないよな？」

「ないです」

下番というのは、勤務が終了することだ。対して、勤務に就くことが上番《じょうばん》。

僕ら施設警備員は、所属する警備会社から、そこと契約した施設に派遣されている。直行直帰ではあるのだが、会社の総合指令センターへの上番報告と下番報告は毎日することになっている。

新人のころ、僕は一度だけ下番報告を忘れたことがある。その際、中浦副隊長も、上司として会社に注意された。それを根に持っているのか、以後毎回言ってくるのだ。この、下番報告したよな？　を。

たぶん、もう僕が忘れるとは思っていない。それでも中浦副隊長は言ってくる。いちいちつついてくる。

「お先に失礼します」と言い足して、通路を歩く。

ドアを開けて外に出る。

八時半。空は真っ暗、ではない。真っ青。八時半といっても、午後ではなく、午前だから。

当務明けはいつもそう。この時間に退勤する。世のほとんどの人々が出勤する時間だ。

当務というのは、二十四時間勤務。ここの場合は、午前八時から翌午前八時まで。四時間の仮眠時間とはまた別に休憩時間もある。タクシードライバーの隔日勤務と似たような感じだ。

従業員通用口があるのは、建物の裏手。大通りに面していない側。

一方通行路。車はあまり通らないし、人通りも少ない。いくつかある飲食店も今は閉まっている。

人はいないが、カラスはいる。飛んでいるのではない。路上にいる。居酒屋のわきの細い道だ。

僕が歩いている一方通行路よりさらに細い。車は入れない。

ところどころにポリバケツが置かれている。そこに収めきれなかったのか、わきに大きなポリ袋も置かれている。そこに入れられていた生ごみを、カラスが狙ったらしい。くちばしでつつかれたのか、ポリ袋はすでに破けている。キャベツの切れ端のようなものが路上に散乱している。

カラスはどこにでもいる。こうした都市部にもいる。ゲームセンター同様、昔にくらべればその数は減ったらしいが、それでも見ることは見る。

えさが豊富だからだろう。ごみ置場には黄色や緑色のネットを掛けられているところも多いが、徹底されてはいない。何ヵ所か当たれば成果はあるはずだ。

立ち止まり、食事中のカラスを見る。

カラスも僕を見る。人に慣れているので、簡単には逃げない。トッコトッコと数歩離れるだけ。鳥なのに飛ばない。歩く。

カラスがくるみを車に轢《ひ》かせて殻を割り、なかの実を食べる。という動画を見たことがある。頭がいいのだ。実際、七歳児ぐらいの知能を持っているらしい。

そんなカラスが人を襲うようになったらこわいだろうな、と思う。大学生のころに図書館の無料映画会で観たヒッチコックの『鳥』みたいに理由もなく人を襲うようになったら。それだけでもう、人は外を歩けなくなるだろう。

たぶん、カラスの戦闘能力は高い。あの鋭いくちばしで目を突かれたら、一撃で失明するかもしれない。体のどの部分でも、皮膚をざっくりいかれるだろう。外を歩く際はフルフェイスのヘルメットと専用の防護服が必要。

そうなったら、政府指導のもと、各自治体が本気で駆除にかかるだろうが。果たして駆除はしきれるのか。生態系に影響が出ないよう、うまくやれるのか。

わからない。種を絶滅させてもいいというくらいの熱意を持ってやれば簡単にできそうな気もするし、だとしてもやりきれないような気もする。

そんなことをぼんやり考えて、歩きだす。再び一方通行路を行く。

それを見たカラスはすぐにトッコトッコと戻ってきて、食事を再開する。

昨夜は四時間弱の仮眠をとった。それでも当務明けはぼーっとする。ものを考えられなくなる、というのではない。こんなふうに、普段なら考えないようなことを考えてしまう。思考がダラダラと流れてしまうというか、歯止めが利かなくなるのだ。

建物をまわって、大通りに出る。少し進んで横断歩道を渡り、ＪＲの高架をくぐる。

午前八時半すぎ。先の一方通行路とちがい、車通りも人通りも多い。

ここは大きな町だ。ＪＲの駅で北側と南側とに分かれている。ほかに地下鉄の駅もあるので、都内各所へのアクセスはいい。東京へも新宿《しんじゅく》へも渋谷《しぶや》へも乗り換えなしで行ける。僕が今派遣されているところも含め、駅の周辺には大型商業施設が多く、買物にも飲食にも困らない。

鉄道高架で二つに分けられた町がよくそうなるように、北側と南側の印象はかなりちがう。今来た北側は、駅から少し離れれば穏やかだ。栄えてはいるが穏やか。だがもといた南側、繁華街となっているそちらはそうでもない。広い範囲に風俗店やラブホテルが存在し、猥雑《わいざつ》感があることは否めない。

区立公園の手前で左に曲がり、大通りから離れる。碁盤の目状に配された各一方通行路をカクカクと進み、北西へと移動する。そんなふうに十分も歩けば、自宅マンションに着く。そう。僕は徒歩で通勤しているのだ。

すぐ隣にあるコンビニに寄り、いつものようにたまごサラダロールを買う。ここのはうまいのだ。ロールパン自体は小さいが、たまごサラダがぎっしり詰まっている。スーパーなどによくある安いサンドウィッチとちがい、具が少なくない。

あとは寝るだけだから、普通の人の晩ご飯に相当する僕の朝ご飯はそれのみ。前はほかにコロッケパンも食べていたが、起きたときに胃がもたれるのでやめた。

有料のレジ袋はもらわずに支払いをすませ、たまごサラダロール一つをむき出しで持って店を出る。通りの向こうにある東京スカイツリーを一瞥《いちべつ》し、マンションに入る。

マンションといっても、ワンルーム。僕の部屋は、八階建ての三階だ。築三十年。七畳の洋間で、家賃は七万円。駅からは徒歩七分と近いので、充分安いと思っている。

今のところに通勤するから住んだわけではない。前からここだった。結果的によかった。都内で歩いて職場に行ける。そんなに贅沢《ぜいたく》なことはない。

部屋は三階だから、エレベーターはつかったりつかわなかったりする。籠が一階にあればつかうし、なければつかわない。わざわざボタンを押して呼びはせず、階段を上る。

今、籠があるのは八階。最上階。

ということで、疲れた体に鞭《むち》打って階段を上る。

そして自室の前に行くと。そこそこ大きいバッタがドアのすぐわきの壁に留まっている。

えっ？　と思う。昨日の朝、出勤するときもそこに留まっていたのだ。位置もほぼ同じ。忘れていたが、見て思いだした。

同じ虫がずっと、つまり二十四時間以上そこにいるのか。それとも、別の虫なのか。あるいは、同じ虫が間を置いて同じ場所に留まったのか。

同じ虫がずっと、のように見える。

「すごいな」と言葉が口から出る。「立哨《りっしょう》に向いてるよ」

立哨。警備に含まれる業務だ。門番のようにただじっと立っているあれ。地味にきつい仕事だ。普通は三十分から一時間で交代するが、三十分でも長い。何せ、動けない。立つ姿勢まで決められているのだ。

気をつけ、ではない。休め。両足を肩幅に開き、手は前に組む。後ろに組むのはダメだ。何故か。威圧感が出て、偉そうに見えるから。

その姿勢での三十分は長い。休め、なのに休めない。微動だにしないように見せて、かなり微動する。お客さんに店の場所を訊かれたりするとむしろたすかる。大っぴらに動けるから。

と、またしてもダラダラとそんなことを考えるも、虫は無視。パンツのポケットから財布を出し、ファスナーを開ける。

なかの小銭入れ部分から一円玉が飛び出して、通路の床に落ちる。

五度に一度ぐらいはそうなるのだ。軽いからだろう。決まって一円玉だけが飛び出す。構造に欠陥があるのだと思う。無理もない。スーパーで千円で買った財布だから。

お金をケチったわけではない。いや、少しはそれもあるが。ファスナーが付いた四角い財布がほしかった。僕はカギも財布に入れておきたいのだ。

財布とカギを分けたくない。一緒にしておきたい。落としたら大変、との意見もあるが、落とさない。一緒にしておくほうが管理はしやすいのだ。それだけを守ればいいから。分けておくと、どちらかを落としそうな気がする。

ただ、カギと小銭を交ぜ合わせたくもないので、なかでポケットが二つに分かれているものを選ぶ。で、これがなかなかないのだ。

だから、スーパーで見つけたときは、おっと思い、勇んで買った。しかも千円。いい買物ができたと喜んだ。

そうしたら、そんな欠陥があることが発覚した。それでも、不便を我慢してつかい続けている。前のものは捨ててしまったので。

身を屈《かが》め、一円玉を拾う。

その動きに触発されたのか、バッタも跳んで通路に下りる。着地後、体勢を整えてから、六本の足でゆっくりと歩きだす。

マンション三階の虫。どこから来て、どこへ行くのか。

立ち上がりながら一円玉を財布に戻し、代わりに取りだしたカギで玄関のドアを開ける。虫も入ってきたら困るな、と思うが、入ってはこない。自分だけが入り、ドアを閉めて、カギもかける。

やっと帰宅。すでに解けていた緊張が、それで完全に解ける。気持ちは楽になるが、疲労度は一気に高まる。ふうっと息を吐き、マスクを外す。

外でマスクをするのは当たり前。まったく気にならない。が、こうして帰宅すると、あぁ、やっと外せる、とは思う。

ユニットバスの洗面台で手を洗い、うがいをする。コロナに見舞われてから、手は必ず石鹸《せっけん》をつけて洗うようになった。セットでうがいもする。

幸い、これまでコロナにかかってはいない。これからかかるのか、かからずにいけるのか。それはわからない。そもそも、コロナが終わるのかもわからない。

そんな不安定な状態にも慣れてしまった。始まった二年前はあんなにあたふたしていたのに。

部屋の壁沿いに置いたベッドに座る。寝床兼イスとして機能するベッドだ。わきにはミニテーブルがある。すべての用はそこでする。すべてといっても食事ぐらいだが。

部屋は極めて殺風景。ものがない。ミニマリストというわけではない。前の仕事をやめたとき、引っ越すことになると思っていたので、多くのものを処分したのだ。

だが次の職場、つまり今の職場も近くになったため、引っ越さなかった。これで引っ越したらバカらしいな、と思った。

もうパソコンは持っていない。しばらくは残していたタブレットも処分した。本棚もそこに収めていた多くの本も処分。何冊か残したのは好きな小説のみ。実用書の類《たぐい》はすべて売った。パソコンをつかわなくなったから、それ用のデスクとイスも処分した。それで部屋が一気に広くなった。

今あるのは、洗濯機に冷蔵庫に電子レンジにロッカータンスのみ。

どうしても必要なものはまた買えばいいと思っていた。思ってから三年経《た》つが、ものは増えていない。

どうしても必要なものなどそんなにはないのだと気づいた。洗剤やシャンプーなどの消耗品、その予備はなくてもまったく困らないことにも気づいた。切らしたとしても、一度我慢すればいい。我慢できないならコンビニに走ればいい。いきなりなくなって本当に困るのはトイレットペーパーぐらいなのだ。

テレビは初めからなかった。あまり見ないので、ここへ引っ越してきたときに、持たないことにした。今はパソコンもないから、スマホで動画を見るぐらい。画面の小ささにも慣れてしまった。それも、視力が落ちた原因にはなっているのかもしれない。

ベッドに座り、たまごサラダロールを食べながら、番組無料配信サービスでテレビ東京の「家、ついて行ってイイですか?」を見る。

ご存じのとおり、終電が出たあとの駅前などで一般人に声をかけ、家について行ってなかを見せてもらい、あれこれ話を聞く、という番組だ。

やることは単純だが、制作には手間と時間がかかっているだろう。何人にも声をかけ、そのほとんどに断られているはずだ。ついて行けたとしても、放送できるレベルのものにならずボツ、ということもあるだろう。

だがまさに一般人の僕らが見慣れた一般人の部屋や夜の駅前の風景は、不思議と気持ちを落ちつかせてくれる。いたるところに生活はあるのだ、いたるところに夜もあるのだ、と安心させてくれる。

家、ついて行ってイイですか？　と言われ、いいですよ、とすんなり言える人の軽やかさには憧《あこが》れる。僕ならまちがいなく、あっさり断ってしまうから。

たまごサラダロールを食べ終え、やっぱりコロッケパンも買いに行くかな、と何度か思っているうちに動画は終わる。眠気も来る。

いつもそんな感じだ。動画を二本続けて見ることはない。見ても、一日一本。ほかに、決まって見るのは、「ＹＯＵは何しに日本へ？」と「モヤモヤさまぁ～ず２」。考えてみたら、テレ東の番組ばかりだ。なかでも、素人が出てくるものばかり。

何なのだろう。結局は人を見ていたいということなのか。それはすなわち、どこかで人と関わりたいということなのか。

よくわからない。

僕にわかるのは、現状、自分が夜に沈んでいることぐらいだ。

久しぶりに長野に行く。長野県長野市。

帰省、と言っていいかわからない。祖父母の実家を自分の実家と言っていいのかがまずわからないから。

東京駅で新幹線に乗る。指定席ではない。自由席だ。

僕が生まれたとき、長野新幹線はまだなかったらしい。僕が初めて長野に行ったときはもうあった。長野オリンピックに合わせて開業したのだそうだ。

そのとき、僕は八歳。はっきりとではないが、オリンピックのことは覚えている。自国開催で、スキーやスケートの日本人選手たちが活躍したから。

今はもう長野新幹線という名称はない。東京から金沢《かなざわ》に行くようになって、北陸新幹線に統一されたのだ。

新幹線なら東京から長野まで一時間半。高速バスなら半額程度で行けるが、四時間近くかかるので、時間の余裕がなければ新幹線をつかう。

今回もそうした。何せ、急だったのだ。葬儀だから。

亡くなったのは、僕の祖母滋子《しげこ》。ばあちゃんだ。

享年八十五。平均寿命よりは少し早い。

祖父忠《ただし》が亡くなったのは四年前。そのときじいちゃんは八十四歳だった。平均寿命よりは長く生きた。

ばあちゃんの葬儀は、じいちゃんのとき同様、近くのセレモニーホールでおこなわれた。家から歩いて十分ほどで行けるところだ。

最近よく聞く家族葬ではなく、一般葬。数は多くないが、親戚《しんせき》や近所の人たちも訪れた。

僕が顔を知っていたのは、近所の人たち。親戚はあまり知らなかった。姻族となる敦造《あつぞう》伯父関係の人が多かったからだ。

ばあちゃんが亡くなったとの電話を秋代《あきよ》伯母から受け、すぐ会社に報告した。

もらえる忌引休暇は三日。短いが、それが一般的らしい。自身の父母なら七日で、祖父母なら三日。ばあちゃんは僕にしてみれば親みたいなものなのに、三日。あわただしいがしかたない。連絡を受け、翌朝の新幹線に乗った。

危篤《きとく》になってわずか数分。ばあちゃんはすぐに逝ってしまったらしい。

入院したのは知っていたが、なかなか会いに行くことはできなかった。最後に会ったのは、二年前の正月だ。そのあとは、コロナがあったので帰らなかった。自分がウイルスを運んでばあちゃんにうつしたらまずい、と思ったのだ。そんなのはいいとばあちゃん自身は言ってくれたが、やはりやめておいた。

葬儀はあっさり終了した。伯母は泣くかと思ったが、泣かなかった。苦しまなかったからよかったよ。僕に淡々とそう言った。むしろ伯父のほうが泣きそうな顔をしていた。

そして意外にも智春《ともはる》くんが泣いた。伯母と伯父の息子。僕のいとこだ。歳は二つ上。号泣というわけではないが、焼香の際に智春くんは大粒の涙をこぼした。

僕は、泣かなかった。悲しかったことは悲しかったが、僕が泣いたらちょっとわざとらしいような気もした。だから抑えた。というより、自然と抑えられた。

長野に住むようになったのは小六のとき。それまでは東京にいた。足立《あだち》区だ。今は日暮里《にっぽり》・舎人《とねり》ライナーが通っている辺り。

僕の出生名は、沢口《さわぐち》圭斗。だが二年足らずで石村圭斗になった。母有恵《ありえ》が父久之《ひさゆき》と離婚したのだ。だから僕には父沢口久之の記憶がない。ほとんどではなく、まったくないと言っていい。ゆえに想いが募ることもなかった。興味は少しあったが、それは単なる好奇心から来るそれでしかなかった。人は、顔も知らない相手のことは想えないのだ。

そこは母がうまくやってくれた。残っていた写真はすべて処分したということなのか、母が僕にそれを見せたことは一度もなかった。

そこはうまくやった母だが、それ以外のことはあまりうまくやれなかった。

僕らの生活はぎりぎりだった。

家は１ＤＫのアパート。二人入居可の物件であったかは不明。

母は度々仕事を変えた。飲食店の店員が主だったが、店は何度も替わった。カフェがレストランになり、レストランが居酒屋になり、居酒屋がスナックになる。おそらくはそんな流れだ。

時々、アパートに男の人が来た。母を送ってきたのだ。さすがに上がりはしなかったが。僕がいないときもそうだったかはわからない。

男の人は一人ではない。それも何人か替わった。相手によって、母の口調や態度も少し変わった。やわらかいこともあれば、きついこともあった。

誰？　と僕が訊くと、友だち、と母は言った。質問はいつもそこまで。それ以上は受けつけなかった。だから僕もしなくなった。

母はそれまでつくっていたご飯をあまりつくらなくなった。僕が小学四年生のころには、ご飯代としてお金を置いていくだけになった。

いつもそれでパンやおにぎりを買った。カップ麺のほうが安くてお腹がいっぱいになることに気づいてからは、それればかり買うようになった。カップ麺はおいしいからいい。そう思うことにしていた。

僕が一人でお湯を沸かせることで安心したのか、母は時折家を空けるようになった。一晩帰ってこないのだ。朝、帰ってきたときには酔っていた。その酔った状態で、僕にこんなことを言った。

「圭斗、学校には自分でちゃんと行ってね。そうじゃないと先生から連絡が来ちゃうから」

先生から連絡が来ないよう、僕はちゃんと学校に行った。言われなくてもそうしていたはずだ。小学生なのだから、学校には行く。

そんなときに一度、ひどく酔っていた母にこう言われたこともある。

「ねぇ、圭斗、長野で暮らさない？」

僕はそれをこうとった。母と二人で長野に行き、じいちゃんとばあちゃんとの四人で暮らすということだと。だから言った。

「転校するのはいやだよ」

母はすぐに寝てしまったので、話はそれきりになった。

あとで考えれば、そのとき母はこんな意味で言っていたのだ。

ねぇ、圭斗、長野で暮らしてくれない？

そして母が家を空けることが増えた。一晩だったものが二晩になった。まあ、二日は二日。ただ、それが何度も続くようになった。多ければ週二回。つまり、四日。一日だけいてまた二日いない。そんなこともあった。

二日のときは初めからそのつもりでいたようで、お金は多めに置いてあった。

僕はそのお金を二で割ってつかった。多めでも一日でつかいきらないよう気をつけた。

そんなだから、部屋は汚れていったし、洗濯ものはたまっていった。そのころにはもう、母は掃除も洗濯もしなくなっていたのだ。

僕も床の綿埃《わたぼこり》を拾うぐらいはした。が、そこは小学生。洗濯機をまわし、洗濯ものを干し、あとで取りこんで、たたむ。そんなことはしなかった。小学生男子の自分がそれをやるという発想はなかった。

だから僕はいつも同じ服を着ていた。ちゃんと着まわしてはいたが、それだけ。結局はいつも汚れものを着ていた。やがては臭うようにもなった。

そんななかでガスが止められたときはあせった。アパートのフロはガスなので、お湯が出なくなったのだ。だからフロにも入れなくなった。服だけではない。僕自身も臭くなった。

この時点でもうすでに相当つらい状態だが、まだ終わりではなかった。ピークはそのあとに来た。母が、一週間帰ってこなかったのだ。

お金がいつもより多かったので、長いのかな、とは思っていた。だから初日からカップ麺にした。母が料金を払ったことでガスは戻っていたため、お湯は沸かせたのだ。

二日経っても母は帰ってこなかった。そこまでは何となく予想していた。

だが三日経っても帰ってこなかった。それで一気に不安に襲われた。母はついに帰ってこないことにしたのではないか、僕はこのままずっと一人になるのではないか、という不安だ。

家に固定電話はなかった。母が携帯電話を持っているのみ。僕は持たされていなかったので、連絡のとりようがなかった。

少し離れたコンビニに公衆電話があったが、そこまで行ってかけても母は出なかった。僕がかけてきたとは思わなかったのかもしれない。でなければ。思ったが、いいや、とも思ったのか。

初めて、学校の先生に言おうかと思った。それまでは思わなかったのだ。言わないようにしていたのではなく、言うことではないと思っていた。それは自分の家のことだから、と。

初めてそう思ったことで、また別の不安にも襲われた。言ったらまずい、という不安だ。先生に言ったらよくないことになる。漠然とそう感じた。たぶん、母が悪者になる。僕ら親子によくないことが起こる。

というわけで、毎晩カップ麺を食べ、じりじりと落ちつかない時間を過ごした。今度は電気を止められたらどうしよう、と思い、テレビをつけるのもためらった。携帯電話とちがい、テレビは充電してつかうものではないと知っていたにもかかわらず。

母はもう帰ってこないかも、という悲観と、いや、そんなはずないよ、という楽観が交互に来た。悲観九、楽観一、の割合で。

そして一週間後。これは数えたからまちがいない。正確に、七日後。母はあっさり帰ってきた。午後七時ごろ。手持ちのカギで玄関のドアを開け、普通に入ってきた。普通に言った。

「ただいま」

あまりに普通なので、僕も普通に言ってしまった。

「おかえり」それからこう尋ねた。「どこに行ってたの？」

母はこう答えた。

「友だちのとこ」

そこでやっと、僕は泣いた。自分よりも友だちのほうが大事なのか、と思ったわけではない。そんな理屈は抜きにして、自然と涙が出た。相当量、出た。

母はさすがに驚いた。

「ごめんごめん。もう行かないわよ」と言った。

が、何日かするとまた出かけた。今度は一日二日だったが。

このときは本当にこわかった。ただでさえ長い小学五年生の一週間が、一ヵ月にも二ヵ月にも感じられた。

いつまで待てばいいのか。そのいつがわかっていないと、不安は増すのだ。それがたとえ三年先だとしても、わかっていればまだまし。わかっていないのはきつい。明日かもしれない、という思いを、もう帰ってこないかもしれない、という思いが簡単に超えてしまうのだ。

悲観と交互に楽観が現れたのは、いわば自衛的な反応だったのだろう。そこで一度ゆるめなければ壊れてしまう、というところまで追いつめられていたのだ。

とはいえ、僕のそれは一時的なもの。母のほうが深刻だった。

その時期の母は、実際、かなり不安定だった。おそらくは医師の診療を受けるべきレベル。気持ちが定まっておらず、いつもゆらゆらと揺れていた。突風が吹いたらその場で倒れてしまいそうな感じだった。

それでも、ぎりぎりのところで踏みとどまりはした。僕を本当に投げ出すようなことはなかった。

ある朝、母は僕に言った。

「圭斗。行くよ」

その日は平日、学校があった。

母は僕の前で学校に電話をかけて言った。

「六年二組の石村圭斗の母親です。今日は具合が悪いので休ませます」

具合、悪くないけど、と言ってみたが、悪いのよ、と母は言った。

そして僕らは都営バスと山手《やまのて》線を乗り継いで新宿に行き、高速バスに乗った。そこは新幹線ではなかった。お金がなかったのだと思う。

四時間弱バスに乗り、着いたのは長野駅前。そこから長野電鉄の長野線に乗り、祖父母宅に行った。

思いがけず実現した久しぶりの母との旅行、はそこで終わった。

母は往復の乗車券を買っていたはずだが、僕の分は片道だった。僕はそのままじいちゃんとばあちゃんに預けられた。

母はそれを僕だけでなく、じいちゃんとばあちゃんにも伝えていなかった。圭斗を預かって、という言葉が母の口から出たときは、じいちゃんもばあちゃんも僕も驚いた。

ばあちゃんに呼ばれてすぐに駆けつけた伯母は激怒した。

「あんた何考えてんの！」と妹である母に言った。「そんなことできるわけないでしょ！」

恥ずかしくないの？　とも言った。バカ！　とまで言った。

母は何も言い返さなかった。

僕はどうしていいかわからず、ただもじもじしていた。母にならい、正座してもいた。圭斗は足を崩していいんだよ、とばあちゃんが言ってくれたが、崩さなかった。やがて限界が来て、イテテ、となり、それを見たじいちゃんが笑った。

そんなことできるわけない、と伯母は言ったが、じいちゃんとばあちゃんはすんなり僕を受け入れてくれた。

その日からそこで暮らすことになった。足立区のアパートには一度も戻らなかった。必要なものはすべて長野で買いそろえた。すぐに転校の手続きもした。それはほとんど伯母がやってくれた。

それが小学六年生のとき。四月の終わり。ゴールデンウィークの直前という変な時期での転校となった。

長野といっても、市内。町なかだ。有名な善光寺《ぜんこうじ》も近い。歩いても三十分かからずに行ける。冬のオリンピックをやったぐらいだから雪の印象が強いが、その辺りはそうでもない。雪が積もりっぱなしということはない。

じいちゃんは石村忠で、ばあちゃんは石村滋子。そのころで、ともに六十代半ば。じいちゃんはとっくに退職していた。

じいちゃんは市内の生まれだが、ばあちゃんは小諸《こもろ》市の出身。旧姓は、朝見《あさみ》。そちらの親戚はもうほとんどいない。

家は住宅地にある普通の一軒家。特に大きくもないし、庭があるわけでもない。すぐ近くにある似たような家に、伯父伯母夫婦と智春くんが住んでいた。そこもそもそもはじいちゃんが持っていた土地らしい。

伯父は石村家の入り婿《むこ》。もとは西村《にしむら》敦造さんだそうだ。伯母と同じく生まれは市内。僕がこちらに来たとき、伯母はまだ四十一歳だった。歳下の伯父が四十歳。そして一人っ子で僕より二歳上の智春くんが十四歳。

僕が伯母のところで暮らすことになってもおかしくはなかった。時にはじいちゃんばあちゃんの世話になることがあるにしても、住むのはそちら、となっても不自然ではなかった。だがそうはならなかった。母に対する伯母の態度を見れば無理もない、とも言える。

だから智春くんともそう仲よくはならなかった。兄弟みたいないとこ、という関係にはならなかった。家が近いから道で会う。会えばあいさつする。その程度だった。

智春くんとは、中学で一年だけ重なった。智春くんが中三で僕が中一の一年だ。

住む家がちがうので、僕らが一緒に登校することはなかった。学校で会っても、ほとんど話をしなかった。外で会えばしていたあいさつも、学校ではしなかった。名字は同じだが学年がちがうので、僕らがいとこであることを知らない人も多かったはずだ。

小六の一時期は、中学生になったらサッカー部に入ることを考えていた。が、智春くんがサッカー部なので、入るのはやめた。僕よりもまず智春くんがいやだろうと思ったのだ。大して親しくないいとこが部の後輩。絶対にやりづらいだろう。

結果、僕は帰宅部員になった。サッカー以外の運動部や文化部も検討したが、入りたいものはなかった。

母は僕をじいちゃんばあちゃんに預けてから二年は一度も帰ってこなかった。僕やじいちゃんやばあちゃんに会いたくなかったのではなく、伯母に会いたくなかったのだろう。秋代には会わなくていいから帰ってくればいいのにねぇ、とばあちゃんが僕によく言っていた。

だからその時期、母とはたまに電話で話すだけだった。母がばあちゃんに電話をかけてきて、途中で僕に替わる、という感じだ。

会話は弾まなかった。ただでさえその関係。そして僕も中学生。弾むわけがなかった。

元気？　といつも母は言った。うん、と僕は言った。訊かれたことに答えるだけ。自分からは何も言わなかった。訊きたいことは何もなかった。むしろ何も聞きたくなかった。有意義な情報が耳に入ってくるとはとても思えなかったから。

元気？　で始まる母の話はいつも、元気でね、で終わった。別れの言葉みたいだな、と思った。せめて、がんばってね、とかにすればいいのに、と。

そしてそう言っていた母自身が、元気を失った。

本当に予想外。足立区のアパートで母が一週間帰ってこなかったことも母が僕をじいちゃんばあちゃんに預けたことも予想外だったが、それはまたちがう予想外だった。

僕が中二のとき、母は病にかかり、長野に帰ってきた。すぐに入院したため、実家に住むことはほとんどなかった。退院しても、またすぐに入院。そのくり返しだった。

卵巣がん。どちらかといえば高齢の女性に多いようだが、母は三十代後半でなってしまった。気づいたときにはかなり進んでいたらしい。

病気になって帰ってきた母にも、伯母は怒った。もう、泣きながら怒った。じいちゃんばあちゃんの前であろうと僕の前であろうと、あんたは本当に何なのよ、何でそんなにバカなのよ、と言った。

もうやめてよ、と僕が言うべきなのかもしれなかったが、そうはしなかった。もうよしな、と代わりにばあちゃんが言った。

石村秋代有恵姉妹の仲は、昔からよくなかったらしい。まじめな姉と不まじめな妹。その典型だったようだ。

そんな姉妹は多いだろう。そして何だかんだで妹の世話を焼く姉も多いだろう。

伯母は、そうではない姉だった。初めはちがったのかもしれないが、どこかでもう無理だと思ったのだ。そんな気がする。

母は長野に帰って一年もしないうちに亡くなった。僕が中三のときだ。

見舞には何度も行っていた。じいちゃんばあちゃんと行くこともあったし、一人で行くこともあった。

「ごめんね、圭斗」

母は僕の顔を見るたびにそう言っていた。そんなにはしゃべれなかったから、もうそれしか言わなかった。最期の言葉もそれだった。

「いいよ」と僕は言った。ひたすらそれだけを言いつづけた。

僕をじいちゃんばあちゃんに預けたのだから、母もやることはやったのだ。そのころにはもうそう思っていた。だから母を恨んだりはするまい、と。

中学では、帰宅部だったこともあり、それなりに勉強した。私立よりも学費が安い公立に行くつもりで、絶対に合格できそうな学校を受けた。そして合格した。

智春くんが行ったのとはちがう学校。だからサッカー部に入ってもよかったが、それはしなかった。今から始めてもほかの部員に追いつくことはできないだろうと思ったのだ。

軽音楽部には少し惹《ひ》かれたが、やはり入らず、僕はそこでも帰宅部員になった。

長野は東京ほど大学の選択肢が多くない。だから東京の大学を受け、そのタイミングで出ていく人もいた。

自分がそうすることは、初めから考えなかった。そうなったらもう私立公立の話ではない。学費以上に生活費がかかってしまう。奨学金を借りたとしても、とても賄《まかな》えないだろう。じいちゃんばあちゃんに、この僕がそんな負担をかけるわけにはいかない。

だから地元の国立大を受けることにした。松本《まつもと》市ではなく、こちら長野市にキャンパスがある教育学部。

そこにキャンパスがあってくれたことで、ほぼ自動的に進路が決まった。何よりもまず、資格をとれるのがよかった。それがあれば将来母のようになることはないだろう。そう思えた。

やはりそれなりに勉強して、大学も無事合格した。

うれしかった。自分が合格できた喜びよりも、じいちゃんばあちゃんに負担をかけなくてすむ喜びのほうが大きかった。よくやったと、初めて自分をほめた。よくやったね、と伯母までもがほめてくれた。

さあ、大学。そこではサークルに入るつもりでいたが、中高と帰宅部でそうした組織に慣れていないこともあって気後れが出てしまい、結局は入らなかった。

その代わり、四年間アルバイトをした。大学は近いのにアルバイト先が遠いのはバカみたいなので、やはり家から近い牛丼店でやった。サークル活動がない分、シフトにも多く入った。

学費を自分で払おうと思ったが、そんなことはしなくていいとばあちゃんに言われた。だからまずは運転免許の取得費用を貯《た》めることにした。

それはすぐに貯まったが、免許自体はすぐにはとらなかった。教習所に通うことでアルバイトの時間を減らすのが惜しかったのだ。

働けば働いた分だけお金が入る。そんな当たり前のことに魅せられてもいた。そしてこのまま、就職したときの引っ越し代やアパート代も稼いでしまおうと思った。

そう。就職は東京でするつもりでいたのだ。それは高校生のころから考えていた。ここは決して嫌いではないが、僕の居場所ではない。いつの間にかそう思うようになっていた。たとえ身内であっても、これ以上、人に頼りたくなかった。もうすでに一生分、人に頼ってしまったような気がしていた。

大学三年生のときに運転免許をとり、四年生のときに東京都の公立学校教員採用候補者選考小学校全科を受けた。

それもどうにか合格。初めて配属されたのは葛飾《かつしか》区の小学校。そこに五年いて、次に移った。

中学や高校ではなく小学校を選んだのには理由がある。小六のときにいた先生。その人の印象がとてもよかったのだ。

東京ではなく、長野。もうこちらに来ていた。とはいえ、来たのは四月終わりだから、その先生とは知り合って一年にもならない。

意外にも女性。恩師と言うほどでもない。まず、担任ですらない。

東京にいたとき同様、僕は六年二組だったが、一組の先生。つまり学年主任。

小学校だから、基本、授業はほぼすべて担任がおこなう。実際、何らかの行事のときに顔を合わせた程度で、授業を受けたことは一度もないはずだ。あちらはこちらを覚えてもいないだろう。

長坂《ながさか》敏美《としみ》先生。あのころで四十代前半ぐらい。特に厳しいわけではなかったし、特に優しいわけでもなかった。

小学生から見た四十代女性。失礼ながら、一言で言えばおばちゃんだ。僕ら児童は、これまた失礼ながら、陰ではババ坂と呼んでいた。嫌いだからではない。愛称に近い。

一ヵ月後の卒業を控えた二月ごろ。放課後、僕らはすぐには家に帰らず、校舎の外でおしゃべりをしていた。男子もいたし、女子もいた。ゲームが好きな宮脇くんもいたかもしれない。

そこへ、ジャージ姿のババ坂こと長坂先生が通りかかった。

小学生らしく、僕らは口々に、さようなら〜、と言った。

長坂先生は、ふと立ち止まって言った。

「あんたたち、バスケットボールやる？」

皆、意味がわからず、互いに顔を見合わせた。

長坂先生は続けた。

「やるなら体育館を開けるわよ。先生が審判をしてあげる」

だったらということで、やらせてもらうことにした。普段、体育館を自由につかわせてもらえることはあまりなかったから、かなり喜んだ。

長坂先生も、たまたま時間があったのだと思う。それで僕らを見かけ、そんなふうに声をかけてくれたのだ。そこにいたのはほとんどが二組の児童だったのに。

自身も教師を経験した今だからなおわかる。

教師は忙しい。それは放課後も同じ。やることはいくらでもある。だから、時間があったとはいえ、決して暇ではなかったはずだ。

長坂先生はすぐに体育館のカギを開けてくれた。そして、僕らがバスケに興じるのをただ見ているのでなく、実際に審判もしてくれた。何故か持っていた笛をピピッと吹き、本当に試合らしくしてくれた。

たまたま居合わせた子たちと体育館で一緒にバスケ。楽しかった。

ババ坂、いい人じゃん。やりながら、そう思った。

何故そんなことをしてくれたのか。

やはり、卒業を控えた児童に何かしてやりたいと思ったからだろう。六年生は六年生。クラスなど関係ないのだ。いや。長坂先生なら、あのとき僕らが五年生であったとしても、ああしてくれたかもしれない。

久しぶりに長野に来て、久しぶりに長坂先生のことを思いだした。

長坂先生も今は六十代。定年を迎えたはずだ。教頭や校長にはなったのか。今も長野にはいるのか。

ばあちゃんの葬儀を終えると、僕は家に戻った。自分が小学六年から大学四年まで住んだ家。住ませてもらった家、だ。じいちゃんとばあちゃんの家。その二人がもうどちらもいなくなってしまった家。

ばあちゃんが体調を崩してから、そこの手入れや管理はずっと伯母がやっていた。娘だから、相続するのも伯母だ。

晩ご飯は伯母の家で頂くことになっていたが、それまではこの家で過ごした。

葬儀のあと一度自宅に戻った伯母が来て、お茶を入れてくれた。喪服から普段着に着替えてはいたが、化粧はそのままだった。

居間の和室で座卓を挟んで向かい合い、二人でお茶を飲んだ。そんなのは十数年ぶり。いや、もしかしたらこの家では初めてかもしれない。

ため息をついて、伯母が言う。

「いなくなっちゃったわね。ばあちゃん」

「はい」

伯母も、ばあちゃんのことはお母さんでなくばあちゃんと言う。智春くんに合わせているのだ。

そして僕は、はい、と言う。伯母や伯父には敬語をつかうのだ。これは昔からそう。いずれ変わるかと思ったが、変わらなかった。

伯母と二人。意外にも緊張はしない。葬儀後という非日常的な日常だからかもしれない。そうでないなら、単に僕が歳をとったからかもしれない。

ただ、話題は何もなかった。ばあちゃんの思い出話をするべきなのだろうが、そうなると母のことにまで話が及んでしまいそうな気がした。

伯母が、持ってきたエコバッグのようなものから封筒を取りだして、僕の前に置いた。そして言う。

「百万円」

「はい？」

「受けとって。遺産相続みたいなもの」

「僕にそんな権利は」

「孫だからあるわよ。ばあちゃんはもっと渡したかったはず。圭斗のことは好きだったから。智春より好きだったかもね」

「いえ、それは」

「当然よ。一緒に暮らしてたんだから」

「でもお金は。ばあちゃんには学費も出してもらってますし」

「それだけでしょ？　免許代はちゃんと自分で出したじゃない」

「そうですけど」

「智春の免許代はわたしが出してるからね。あの子、自分で出すなんて言わなかったわよ。わたしも、出せとは言わなかったけど。ほら、受けとって。わたしからだと贈与の形になっちゃうけど、百万円なら贈与税はかからないから」

　それは聞いたことがある。年間百十万円の基礎控除があるから、その額を超えなければ課税されないのだ。

　百万円。広い意味では手切れ金なのだと思う。いや、清算金か。

　伯母はお茶を一口飲んで、言う。

「伯父さんはね、圭斗はウチが引きとるべきじゃないかって言ったのよ」

「え？」

「有恵が圭斗を預けにきたとき。じいちゃんとばあちゃんに押しつけるのはよくないんじゃないかって。わたしは、押しつけるわけじゃないと言って。それでちょっとケンカになったりもして」

「そうだったんですか」

「そう。圭斗は甥《おい》っ子だからね、もちろん、かわいいのよ。でも智春とまったく同じに扱える自信はなかったの。自分が育てるとばあちゃんが言ってくれてよかったと思ったのは確か」

母が伯母にとってごく普通の妹であれば、そんなことにはならなかったのだろう。だが残念ながら、母はごく普通の妹ではなかった。

智春とまったく同じに扱える自信はない。小六のときにそう言われていたら、ショックを受けていたはずだ。

あのときにそう言わず、今言う。それは伯母なりの優しさなのだと思う。

僕は封筒を手にとって、言う。

「頂きます。ありがとうございます」

その後、伯母のところへ移って晩ご飯を食べた。あらためて伯父にもあいさつした。百万円のお礼も述べた。

そしてばあちゃんの家に戻り、そこで寝た。

当務の影響で眠れないかと思ったが、案外よく眠れた。葬儀のあれこれで疲れていたのだ。

翌日は、智春くんが車で迎えに来てくれた。ＪＲの長野駅まで送ってくれるというのだ。

長電で行くからいいですよ、と言ったのだが、そのくらいするよ、と言ってくれた。

智春くん、今はもう結婚し、妻と娘の三人で実家の近くの賃貸マンションに住んでいる。妻は三歳下の弓穂《ゆみほ》さん。娘は五歳の夏衣《なつい》ちゃん。

結婚式に呼ばれたから、弓穂さんの旧姓も知っている。内橋《うちはし》だ。七年前。僕はまだ教師だった。恥ずかしくない親戚として、今よりは呼び甲斐《がい》もあったと思う。

智春くんは、高校を出ると、情報系の専門学校に行き、市内に本社があるＩＴの会社に入った。いわゆるシステムエンジニアなのだ。弓穂さんとはその会社で知り合った。

ちなみに、伯父もやはり市内に本社がある鉄鋼関係の専門商社に勤めている。伯母とはそこで知り合った。親子で職場結婚なのだ。

　ばあちゃん宅からＪＲ長野駅までは、車なら十分。

　そのわずか十分のあいだに智春くんは言った。

「東京はどう？」

「どう、なんですかね」

「そうざっくり訊かれても答えられないか」

「まあ、はい」

「おれも一時期は東京の大学に行こうかと思ったんだけどね」

「そうなんですか？」

「うん。でも、ほら、圭斗くんほど頭がよくなかったから。いいとこには受かんないなとも思って」

「そんなことは」

　ないと思う。決して悪い学校ではないのだ、智春くんが行ったのは。

「大したことない私立の大学に行って親にその学費を払わせて、さらにアパート代なんかも払わせるってのはよくないからさ。やっぱりやめたよ。行ったとしても、就職ではこっちに戻る気でいたしね。そんなら四年遊びに行くだけになっちゃうし。それでも金を出すつもりではいてくれたみたいだけどね。両親は」

その出すつもりでいたお金がまわりまわって昨日の百万円になったのかもな、と思う。あれから僕があわててコンビニに行ってＡＴＭで入金したその百万円のことを智春くんは知ってるのかな、とも。何ならここで自ら言うべきなのか。時間はないが。

そこで智春くんが言う。

「でもまさか圭斗くんが先生をやめちゃうとはなぁ」

その話は、もちろん、していた。教師をやめて次が警備会社に決まったときに。まずは電話でばあちゃんに。次いで、同じく電話で伯母に。

「僕がやめたことで、ばあちゃん、何か言ってました？」と智春くんに尋ねてみる。

「いや、特には。圭斗が幸せならそれでいい。だけかな。おれが聞いたのは」

というそれを聞いて、不意に泣きそうになった。本当にそう言ったのだろう。本当にそう思ってくれたのだろう。ばあちゃんなら。

葬儀で泣かずにここで泣くのも変なので、どうにかこらえた。

「ばあちゃんがおれらのばあちゃんで、よかったよね」と智春くんが言い、

「はい」と僕が言う。

　長野駅が近づいてくる。町が駅前の感じになってくる。

「これはずっと言わないつもりでいたんだけど」

「何ですか？」

「ウチの親もさ、圭斗くんの大学の学費を半分出してるんだよ。圭斗には言わなくていいって、ばあちゃんには言ったらしいけど。おれが言っちゃったよ。圭斗くんにおれの親は冷たいと思われるのはいやだから」

「いえ、そんなことは」

　少しも思ってません、とは言えない。

「これからも、墓参りには来なよ」

「はい」

「そのときはウチにも来て、夏衣と遊んでよ。メシぐらい用意するから」

「行きます」

「圭斗くんが結婚するときは、逆におれらを呼んで。呼んでくれれば、家族三人で行くから。いい東京旅行になるし」

「呼びます」

「今、カノジョは？」

「いないです」

「そうなんだ。まあ、圭斗くんなら、その気になればできるでしょ」

「どうでしょう」

「じゃあ、えーと、ロータリーに入るのもちょっとあれだから、この辺でササッと降りられる？」

「はい。ほんと、ありがとうございました」

「いやいや」

左の細道に入ってすぐのところで智春くんが車を停める。

僕はシートベルトを外し、実際にササッと降りる。

「またね」

「どうも」

僕が素早くドアを閉めると、智春くんはすぐに車を出す。そしてまた左に曲がり、消えていく。

車ならではの別れだ。引き延ばしようがない。だがそういうのも悪くない。智春くんと僕の関係ならベストだろう。

智春くんと僕の関係。

小学校六年ではなく。低学年。僕が一、二年生のころにこちらに来ていたら。智春くんとはもう少し親しくなれていたのかもしれない。

人とはそういうものだ。出会うタイミングが大事。それですべてが決まってしまうこともある。

歩いて長野駅へ向かう。バスロータリーのわきの広い歩道に入る。

ばあちゃんの葬儀を終えて。

一人になったと感じる。

# 春から夏　二十八歳

引率。これは大変だ。

六年生でも大変。そして学年が下がるごとに大変さは増す。五、四、三、二、と来て、一年生ともなれば、大変も大変。

しかもまだ五月。ゴールデンウィークが明けたばかり。一ヵ月と少し前まではまだ幼稚園児や保育園児だった子たちだ。例えば三月生まれなら、幼稚園や保育園の年長の子と変わらない。実質、幼児と言ってもいい。

この歳の子たちは、集まるだけでワイワイ言う。歩くだけでもワイワイ言う。なのに集団で歩くのだから、ワイワイ言わないわけがない。

実際、ワイワイ言う声が聞こえる。キャーキャー言う声も聞こえる。金切り声が交ざることもある。

小学生になって初めての遠足。バス遠足ではない。徒歩遠足。小学校から都立公園まで歩く。

大人の足なら二十五分ぐらいだが、小一集団の足だと、倍の五十分。いや、まあ、一時間。

小学生にとって一時間の徒歩は長い。それだけで疲れてしまうし、集中も切れる。

列を崩さないよう注意して、何よりもまず絶対に車道に下りないよう注意して、歩かせる。

目的地までは駅前を通っても行けるが、交通量が多いそちらは避け、水路のような川に沿った道を通って行く。こちらなら車通りも人通りも少ないし、それでいて歩道も備えられている。

歩道があることは重要なのだ。路側帯からだと車道にはみ出してしまう子どもたちも、歩道から車道へは飛び出さない。

大変は大変だが、子どもたちと外を歩くのは楽しい。大変な分楽しい、と言えるかもしれない。子どもたちが笑っているのはいい。笑顔にうそがないのは本当にいい。

この時期はもう陽射《ひざ》しが強いので、皆、帽子をかぶっている。登下校時には必ずかぶることになっている学校指定の帽子だ。今日は午前だけの遠足で昼には学校に戻るからお弁当は持っていないが、水筒は持っている。

僕の胸の高さでたくさんの帽子がゆらゆら揺れる。笑い声も響く。

「先生、今何時?」と一人の男子に訊かれ、

「九時六分」と答える。

「先生、今何歳?」と今度は女子に訊かれ、

「二十八歳」と答える。

「二十八歳は、おじさん?」と別の男子。

「おじさんじゃないよ」と僕。

「え〜、おじさんだよぉ」と別の女子。

「だって大人じゃん」「高校生じゃないじゃん」「でもウチのお父さんよりはおじさんじゃない」

「でもわたしのいとこよりはおじさん」

と、様々な反応がある。

僕が何か言うと、子どもたちは必ず反応してくれるから楽しい。

高校生じゃないじゃん、には本当に笑ってしまう。その子のなかで、高校生、の上のカテゴリーはもう、おじさん、なのだ。だとすれば、大学生もおじさん。それは切ない。

「先生は結婚してないからおじさんじゃないよ」とまた新しい意見が出る。

「結婚してなくてもおじさんだよ」「結婚してないおじさんもいるよ」「石村おじさん」「石村先生おじさん」「石村おじさん先生」「先生おじさん石村」

最後のはもう呼び捨て。それにもつい笑う。

まあ、そんな具合におしゃべりは続く。

そして唐突に終わる。子どもたちは飽きるのも早いのだ。そのうえ疲れるのも早い。だが回復も早い。

一年生三クラスと二年生二クラス。計五クラスでの遠足。二年生が先で、一年生があと。

先頭には二年生の先生がいてくれる。僕より三歳下の高藤《たかとう》桃乃《ももの》先生だ。男子からも女子からも人気がある。

僕は一年三組の担任で、基本的には最後尾にいるが、時折そこを一組の堂林《どうばやし》初音《はつね》先生にまかせ、一年生三クラスのあいだを行ったり来たりする。

子どもたちも列で歩くことに慣れ、とりあえず落ちついたので、最後尾に戻る。

「ご苦労さま」と堂林先生が笑顔で言う。

一組の担任だから学年主任。確か四十四歳だ。

「二十八でおじさんはないわよね」

「あ、聞いてました？」

「聞こえるわよ。石村先生が二十八でおじさんなら、わたしなんてどうなるわけ？」

どうなのだろう。おば、あちゃん？

さすがにそうは言えないので、代わりに言う。

「僕は老けてるんですかね」

「老けてるんじゃなくて、落ちついてるんでしょ」

「落ちついて、ますか？」

「うん。落ちついてるし、子どもたちに好かれてる」

「というより、甘く見られてるような」

「一年生はそれでいいのよ。いきなりこわい先生に当たったら、畏縮《いしゅく》しちゃう子もいるから」

「あぁ」

「初めての一年生は、どう？」

「大変だろうとは思ってましたけど。というか、実際、大変ですけど。やっぱりかわいいですね。

いや、教師がかわいいはダメか。えーと、楽しいですよ、僕自身が」

「おぉ。すごい。初めてでこの時期にもう楽しめてるなら天職なのかもね、教師が」

「ならいいですけど」

「大変だけど楽しい。それもそう。でも。楽しいけど大変よね。ウチの子も一年生だから、学校でも家でも大変よ」

実際、一年生の子を持つ親は大変らしい。堂林先生も、ダンナの両親が近くに住んでるからどうにかなってるだけの話、だそうだ。

確かに、学校でクラスを持っている教師が、毎日午後六時に学童保育にお迎えに、というわけにはいかない。日によっては、午後七時八時だって難しい。学年主任となればなおさらだろう。

小学校の教師は、中学や高校の教師とちがって部活指導がないから楽だと思われることもある。だが小学校は教科担任ではない。全科担任。すべての科目を一人で教えなければならない。当然、準備には時間がかかる。会議もあれこれある。打ち合わせ程度のことなら毎日ある。

勤務時間は一週間で三十八時間四十五分。地域によってばらつきはあるようだが、一応、定時も決まっている。五時十五分とか、五時半とか。

その定時に帰れるか。帰れない。無理に帰ったところで、結局は自分が大変になるだけなのだ。どうやっても大変は大変。ならせめて、大変だけど楽しい、をずっと感じていたい。楽しいけど大変、よりは、大変だけど楽しい、のほうがいい。

などと思っていると。前方で児童の一人が歩道から車道へポンと下りる。

車は来ていないが、即座に反応する。駆けだしながら言う。

「ほらほら、車道に下りないよ。戻って」

僕が行き着く前にその子はすんなり歩道に戻るが、今度は背後から謎の奇声が。

「ぐひ～っ！」

振り向いても、何もなし。ただ声を上げただけ。行動に理由はいらない。それが小一。

はい、大変。

だけど、楽しい？

まあ、どうにか。

その後、橋を渡り、すぐのところにある出入口から公園へ。

全員を園内に収め、人数を確認して、やっとひと安心。

だがそこからも大変だ。

公園は都立公園。広い。遊歩道がたくさんある。池もある。一応、柵が張られているからまちがえて落ちる心配はないが、まちがえないで落ちる不安は消えない。柵があれば乗り越えたくなる子、も存在するから。

とはいえ、遊具が備えられた広場やただの草地となっている広場もあり、大勢で遊ぶにはいい場所だ。木々などの緑に囲まれているのもいい。

東京でこの緑は貴重だ。大学四年まで住んだ長野では道々の先に山々の緑が見えたが、東京でそれはない。

で、その木々の緑を見て思う。確かにこの緑はいいが、はっきり見えてはいないな。

全体が緑に見えているだけ。葉の一枚一枚の区別はつかない。

ここまで広い場所に来るとよくわかる。遠くの景色も見えにくくなっている。やはり視力が落ちているのだ。緑を見るのは目にいい、などとよく言うが、こうなってからでは遅いような気もする。児童とちがい、僕は黒板に文字を書く側。離れた席に座ってそれを見る必要はない。すぐそばで見られる。困らない。だからほうっておいたのだが。

一昨年《おととし》の運転免許更新のときもやや不安だった。二度めの更新。それで無事ゴールド免許になったのだが。視力検査を受けるための列に並んでいたときは少し緊張した。年々、徐々に悪くなってはいるのだ。

事前に決めておいたとおり、遊具がある広場では先に二年生が遊ぶ。一年生はまずこちら。せっかくの広場だから、そこでハンカチ落としをやった。一年三組の二十四人、全員でのハンカチ落としだ。屋内でもできる遊びだが、屋外なので贅沢に。一人一人の間を広くとって輪を大きくし、鬼が走る距離を伸ばした。

ハンカチは僕が出した。本当につかっているハンカチでは衛生上問題があるので、新品を用意した。バンダナまではいかない大きめなハンカチ。駅の南側の商業ビルに入っている雑貨店で買った。ハンカチ落としは小学生のころ僕もやったが、考えてみれば、まさに学校でしかやったことがない。三、四人でやってもおもしろくないからどうしてもそうなる。少なくとも七、八人は必要なのだ。

子どもたちは楽しんでくれた。輪を大きくしたのがよかった。皆、がんばって走った。長く走りたくない女子はすぐ近くの子の後ろにハンカチを落とし、長く走りたい男子は輪をほぼ一周して自分の隣の子の後ろに落とした。人気がある子は二回落とされもした。

途中からは僕も参加。人気があるわけではないが、やはり二回落とされた。二回とも気配は感じたが、すぐには気づかないふりをした。そしてハンカチを拾って立ち上がると、子どもたちとほぼ同じ速さで走り、それまで落とされていなかった子の後ろにそっと落とした。掛け値なしに楽しかった。少しも大変ではなかった。何だかんだで三十分近くやっていた。子どもたちにも飽きる感じはなかったので。

それから、二年生と交代で遊具のある広場に移った。ハードなアスレチック遊具のようなものはなく、危険もなさそうなので、そこでは皆を自由にさせた。

僕はベンチのわきに立っていた。時折子どもたちの何人かが寄ってきたので、話もした。

「先生は遊ばないの？」

「先生は休憩」

「ずるい！」

「先生はおじさんだから疲れちゃったよ」

「さっきはおじさんじゃないって言ったのに」

子どもたち。記憶力はいい。子どもだまし、は簡単ではないのだ。

今は二十四人だからいい。もっと多いと、全員を見るのは大変だ。

小学一年生のクラスは三十五人以下と決められている。いずれほかの学年もそうなるだろうが、現時点では一年生だけ。

ウチの学校は一年生が七十二人いるから、ちょうど三で割れて、一クラス二十四人。もし六十九人しかいなかったら、三十五人と三十四人の二クラスになるところだった。

二十四人と三十五人では大ちがい。どうしたって、一人一人への目の届き方も変わってくる。今年はたまたまそうなっただけだが、よかった。

　これはまったくの個人的な意見。小学校教師を六年やってみての意見だが。一クラスは二十人が理想だ。その数なら、教師の目が届きやすいだけでなく、クラスメイト同士の仲間意識もいい意味で強まるだろう。それでいて、きちんと集団生活も学べる。

　そんなことを考えていると、そこへ吉井《よしい》駿希《しゅんき》がやってくる。さっき僕にハンカチを落とした子の一人だ。

「どうした？」と声をかける。

「暑い」

「じゃあ、水を飲みな」

「もう飲んだ」

「そうか」

「今日、給食、何？」

「何だろう。先生もわかんない」

　特に用があるわけでもなさそうだが。せっかくなので訊いてみる。

「ちゃんと朝ご飯食べてる？」

「うん」

駿希のところはシングル家庭。母親の吉井舞奈《まいな》は僕と同い歳。保険代理店で働いている。ショッピングモールなどにある小さな店舗のあれだ。一社だけでなく様々な会社の保険を扱っているという。だから駿希も放課後は学童保育に預けられている。

土日も仕事は休めないので、昼ご飯は舞奈が用意しておき、駿希が一人で食べる。火を通さなくてすむサンドウィッチなどを。

堂林家のような共働き家庭も大変だが、吉井家のようなシングル家庭はもっと大変なのだ。僕は知っている。自分もそうだったから。

ウチの学校には家庭訪問がある。最近はない学校も多いが、ウチはある。

それがおこなわれるのは四月中旬。もちろん、吉井家にも行った。

学校から歩いて五分ほど。マンションというよりは雑居ビル。一階にはタイ料理店が入っていた。

その四階。五階建てだから、エレベーターはない。

実はそこ、僕のマンションからも近い。

吉井家に限らない。マンションは学校自体に近いのだ。歩いて五分。とはいえ、ぎりぎり学区外。

あえてそうした。さすがに学区内はよくないなと思って。

前の小学校にいたときもそうしていた。そして異動の際に転居した。単身者だからそれができる。

吉井家は二間だった。間取りで言えば、２Ｋだろう。玄関にいるだけでそれがわかった。

そう。家庭訪問といっても、話は玄関の三和土《たたき》でするだけ。居間に上がったりはしないのだ。それなら保護者側もお茶を出したりといった気遣いをする必要がない。

　そこで十分ほど話をした。舞奈が保険代理店で働いていること、その店がショッピングモールに入っていること、そこまで都営バスで通っていること、土日の昼ご飯は駿希が一人で食べていること、などを聞いた。

　シングル家庭であることは初めから知っていた。実際に話してみて、問題は何もなさそうだと思った。

　が、話を切りあげようと思ったところで、こう言われた。

「あの、先生」

「はい」

「ちょっと個人的なご相談をしてもいいでしょうか」

「えーと、どんなことでしょう」

　舞奈は少し考えてから言った。

「あ、でも時間がないですよね。やっぱりいいです。ごめんなさい」

　確かに時間はなかったので、どうぞお話しください、とは言えなかった。代わりにこう言った。

「だいじょうぶ、ですか？」

「はい。だいじょうぶです。駿希をよろしくお願いします」

　舞奈がそう言ったところで、その駿希が和室らしき部屋から顔を出した。

「吉井くん、じゃあね。また明日学校でね」と自分から言った。

「うん」

「うんじゃなくて、はいでしょ」と舞奈が言った。

「はい」

そして僕は一礼し、吉井家をあとにした。

そのときにあったのはそれだけ。だが少し気になってはいた。

だからちょうどいい機会だと思い、横にいる駿希に言う。

「お母さん、毎日元気に働いてる？」

「うん」

堅苦しい感じにならないよう、両手の指を頭の上で組み合わせ、う〜っと伸びをする。

駿希もそれをまね、はっきり言う。

「う〜っ」

それを見て笑う。小一の人まねは自然。嫌味がない。

「お母さん、毎日仕事に行ってるよ」

「そうか」

「でも元気ではない」

「ん？　体の具合が悪いの？」

「そうじゃないけど」

「じゃあ？」

「何か、元気じゃない」

「それは、何でだろう」

「友だちが電話してくるから」

「友だち？」

「うん」

「何の友だち？」

「知らない」

腕を伸ばしたまま、柔軟体操のようなことをする。体を左右に傾けたり、ねじったり。

駿希もやはりまねる。僕の動きとはちょっとちがうが、似せようとはする。

ただ面と向かって話すよりはこのほうがいい。例えば給食のときに教室で面と向かって、よりはこうして外で体を動かしながらのほうが話しやすい。

「お母さん、電話でケンカしてたの？」

「ケンカはしてないけど。電話を切ったあとで、いやそうな顔する。どうしたの？　ってぼくが訊いたら、何でもないって。でもすぐに、知らない人に声をかけられたら絶対についていっちゃダメだからねって。それはいつも言うけど。そのときは、返事もしなくていいからって」

「そうか」

まあ、普通といえば普通。最近は、声をかけられても返事をしなくていいと教える親も多い。何かあってからでは遅いから。

友だち。僕の母もその言葉をつかった。交際相手のことを、僕にはそう説明した。友だちの範囲は広い。いい友だちもいれば、悪い友だちもいる。

一度だけ、母が友だちともめたことがあった。破局の間際だとか、そんな時期だったのだと思う。

来ないでって言ってるでしょ、と外で言う母の声がアパートの部屋にいる僕にまで聞こえてきた。相手の声はくぐもっていてよく聞きとれなかったが、怒っている感じは伝わってきた。だから少しこわかった。

そのあと、ドアを開けてなかに入ってきた母に尋ねた。誰？

母は答えた。誰でもない。そしてこう続けた。圭斗、お母さんがいないあいだにもし誰か訪ねてきても、出なくていいからね。返事もしなくていいからね。

返事もしなくていい、というその言葉は耳に残った。学校ではいつも先生に、ちゃんと返事をしなさい、と指導されていたから。

とはいえ。これだけでは何もわからない。駿希の話だけでは判断できない。女友だちが舞奈にお金を貸してくれと言ってきただけかもしれない。何度も何度も言ってきているのかもしれない。

受け持っている児童とはいえ、他人は他人。その家庭には踏みこめない。

だから僕が今駿希に言えるのはこの程度でしかない。

「困ったことがあったら、先生に言ってね」

「うん」

それから少し間を置いて、こんなことも言ってしまう。

「って、お母さんにも言っておいて」

七月上旬には個人面談がある。

中学や高校でおこなわれる進路相談のための三者面談とはちがう。二者。教師と保護者の面談だ。家庭訪問とはまた別。あれはあれでこれはこれ。こちらはどの学校にも必ずあるはずだ。時期もだいたい今ごろだと思う。

面談を実施するのは放課後。働いている保護者も多いから、時間の希望は聞く。どうしても土日でなければ来られない人もいるので、土曜日の午前中にやったりもする。

日にちの幅も広くとる。ウチの学校の場合は、七月初めから十日以上。早めに伝え、そこでどうにか調整してもらう。

吉井舞奈からは、日にちの希望だけが出された。木曜日。時間はこちらに合わせてくれるらしい。そういうのはとてもたすかる。なかには何日の何時とはっきり決めてくる人もいるから。

そうかと思えば、ウチは面談はいいです、と言ってくる人もいる。稀《まれ》にではあるが、そういうの意味ないんで、とはっきり言う人もいる。忙しくて時間がないわけでもないのだ。学校がというか、組織が嫌いということなのかもしれない。

面談の時間は、一人二十五分。入れ替え時間の余裕を見て三十分、という感じだ。クラスの人数が少ないからそうできる。上限いっぱいの三十五人なら、十五分かせめて二十分になるだろう。

二十五分でも、時間はあっという間に過ぎる。

個人面談の場合、家庭訪問とはちがい、教師側がホーム。伝えるべきことはすべて伝える。ここまでの三ヵ月の子どもたちの学校での様子を伝え、何か注意すべき点があればそれも伝える。保護者もあれこれ聞きたがる。何せ、子どもたちにとっては初めての学校生活なのだ。授業についていけているか。クラスの子と仲よくやれているか。興味は尽きないだろう。

ひととおりのことを伝えると、次は質問する。学校に通うようになってから変わったことはないか。夜はちゃんと寝られているか。朝はちゃんと起きられているか。朝食はちゃんととれているか。食べものの好き嫌いが増えてきてはいないか。

嫌いなものは、給食を食べるようになってからわかることもあるのだ。家では出てこないものが出てきたりもするから。

そして最後に保護者からの要望を聞く。それがある人は面談が始まって早々自ら言ったりもするので、そこでは、特にないです、となることも多い。

吉井舞奈もそうだった。

僕自身は、四月の家庭訪問の際に何か言いかけたことや五月の遠足の際に駿希が言っていたことが気になっていたが、憂慮するほどのことはなかったのだろうと思った。

それでも一応、訊いてはみた。

「何か変わったことはありませんか？　吉井くんのことだけではなく、お母さんのことでも」

舞奈が、えっ？　という顔をしたので、こう続けた。

「五月の遠足のときに吉井くんが、お母さんはあまり元気じゃないというようなことを言ってましたので」

「そうなんですか?」

「はい。といっても、お体の具合が悪いとかではないようなので、わたしもあまり気にはしなかったのですが」

「確かに、駿希が言ってました。困ったことがあったら言ってって先生が言ってたよって」

「あぁ、そうですか。ちゃんと伝えてくれてたんですね、吉井くん」

「それ、実はすごくたすかりました。心の支えになったと言うと、ちょっと大げさですけど。四月の家庭訪問のときにご相談しておけばよかったと、そこで思いました。だから今日もどうしようかずっと迷ってて」舞奈は少し黙ってから、言う。「先生」

「はい」

「本当に、困ったことがあったら言ってもいいんでしょうか」

「はい。えーと、駿希くんに関わるようなことでしたら」

「関わって、くるかもしれません。わたしもそれを一番恐れているので」

「では、どうぞ」

そこで僕が腕時計をチラッと見てしまったことに気づいたのか、舞奈が言う。

「でもやっぱり、時間がないですよね」

「あと五分ぐらいであれば」

「五分でできる話ではないので」

「そう、ですか」

「後日またお時間をとっていただくことは、できないですよね？」

「いえ。またお越しいただけるのであれば、可能かと」

「いいんですか？」

「はい。この個人面談期間が終わってからということで」

　本当なら期間中にやってしまいたいが、そうすると、一人に二回やった、特別扱いをした、ということにもなりかねないので、そこは分ける。個人面談の際に問題があることが判明したため後日対応、という形にする。

「ご迷惑ではないですか？」

「まったく。ただ、一時間も二時間もというわけにはいきませんので、そのあたりはご了承いただければ」

「はい。五分では難しいですけど、二十分ぐらいで収まるようにはします」

「ありがとうございます。では、吉井さんのお仕事のご都合もおありでしょうから、日にちはあらためて決めましょう。個人面談期間終了後なるべく早く、ということで」

「はい。よろしくお願いします」

　と、そうなって決まったのが、土日を挟んでの六日後。明日で夏休み前の授業は最後、という日だ。

場所はまた一年三組の教室。

事前に頭のなかで整理してきてくれたらしく、舞奈は簡潔に説明した。変に言葉を濁したりせず、はっきりとこう言った。

「わたし、ある男の人に付きまとわれてるんですよ」

「遠足のときに吉井くんが言ってた、友だち、ですか？」

「はい。実際、友だちは友だちです。高校が同じだったので。わたし、実家が静岡の沼津《ぬまづ》なんですよ。そこには母が住んでるんですけど。その母もまだフルで仕事をしてるので、駿希のことで頼るわけにもいかなくて」

「そうですか」

「今はこんなふうに一人ですけど、一応、結婚はしてたんですよね」

駿希が三歳になるあたりで離婚したという。元夫は奥野《おくの》誠大《せいだい》。だから駿希も生まれたときは奥野駿希だったそうだ。

その夫奥野誠大は、子どもにあまり興味がなかったらしい。嫌いなのではなく興味がないのだと舞奈は説明した。わかるような気がした。たぶん、僕の父沢口久之も同じだったから。そういう人もいるのだ。

「離婚はすんなり成立したんですよ。少しだけど毎月養育費をもらうことになってました。でもそれはすぐに払われなくなって。まあ、そうだろうなとは思ってました。子どもに興味がない人がその子どもと別れたあとにお金を払いつづけることはないだろうと。で、前に高校の同窓会があって。

そのときは母に駿希を預かってもらって、わたしも行ったんですよ。そこで久しぶりに会いました」

「友だちと、ですか」

「はい」

友だちは、新山《にいやま》八尋《やひろ》。三年生のときにクラスが同じだったという。付き合ったりはしていないが、よく話したりはしていたらしい。

「居酒屋の席も隣になったんで、お互いの近況を話したりして。そうなると、離婚したことを話さないわけにもいかなくて。隠すことでもないので、話しました。養育費がまったく払われなくなったことまで。そのときにＬＩＮＥのＩＤを交換したんですよ。同窓会のあとも、ちょうど出てきた母に駿希を見てもらえたから、一度だけ飲みに行って。そしたらメッセージが来るようになって。応えないわけにはいかないから応えてたら、どんどん数も増えてきて。初めは週二、三日だったのが、四、五日になって、ほぼ毎日になりました」

「誘われたりもするんですか？」

「します。やんわり断ると、しばらくその話はしなくなるんですけど、何かのきっかけでまた」

「ＬＩＮＥをブロックしたりは」

「今はしてます。はっきり断っても誘ってくるようになったから、しました。しますと言って」

「言ったんですか」

「はい。それですんでくれればよかったんですけどね」

「すまなかったんですね」

苦々しげにうなずいて、舞奈は言う。

「職場に来られちゃいました」

「お店に、ですか」

「はい。仕事の話もしてたんですよ。店は近くだから都営バスで通ってるとか。ショッピングモールの名前も出しましたし。そりゃわかりますよね。そこに入ってる保険の店は一つしかないんだから」そして舞奈は僕にこう尋ねる。「店の感じは、わかりますか？」

「何となくは。通路のすぐそばにカウンターがあって、そこを挟んで店の人とお客さんが向かい合う感じ、ですよね？」

「それです。通路を歩いてるだけで見えるので、わたしがカウンターにいることもわかります。奥の見えないところにもう一人いたりすることもあるんですけど」

「で、来たんですか、新山さんが」

「はい。何ごともなかったみたいに、久しぶり、なんて言ってましたよ。そろそろ保険に入りたいんだけど、何にしたらいいかよくわからなくて。それで、あ、そうか、吉井さんに訊いてみればいいんだと思って」

「そう言ったんですか？」

「はい。まさにそのとおりなんですけどね。わたしはそのためにそこにいますし。実際、訊きに来てほしいわけですし」

「だから訊きに来たと。それは、えーと、生命保険ですか？」

「そうですね。損害保険も扱ってはいますけど、生命保険でした。結婚したから自分の生命保険に入るとか、子どもが生まれたから学資保険に入るとか。そういうことが多いですね」

「そういうことだったんですか？　新山さんも」

「いえ。三十も近いのに保険に入ってないのも何だからそろそろ、ということでした。まあ、それもおかしくはないんですよ。そんなかたもたくさんいらっしゃいます。一口に生命保険といってもいろいろな種類があって。そのあたりがよくわからないということで、皆さん、訊きに来てくださいます。ネットで調べればだいたいのことはわかるんですけど、何も知らないと、ちょっと難しいでしょうし」

「でしょうね。僕も同じだと思います。見ても、たぶん、わからないです」

「あの人もそう言いました。だから説明しました。本当に一からだったので、一時間以上話しましたね」

「そんなに」

「それは普通なんですよ。一からだとそのくらいはかかります。二時間かかることもありますし。ひととおり説明してから質問を受けて。そうしてると、すぐにそのぐらい経っちゃいます」

「そうなんですね。で、どうなったんですか？」

「その日は説明を聞いただけで帰っていきました。それも普通なんですよ。保険に入ってすぐに解約なんてことになると、どうしても損が出ますから、入るつもりのかたでも即決はしないことが多いです。あらかじめ自分で調べておいて、わからないことを店で聞いて決める、というかたもいらっしゃいますけど。でも初めてで即決というかたはあまり。わたしたちも、きちんとご理解いただいたうえで決めてほしいですし。あとから、聞いてたのとちがうと言われても困るので」

「わかります」

確かにそんな人もいそうだ。説明は聞き流しておいて、いざ何かあったら聞いてないと言いだす人。児童の保護者のなかにもそんな人はいる。そうならないよう事前に何度も通知したりはするのだが、聞いてない、の一言で、そんなものはすべてなかったことになる。

「そのときに誘われたりは」

「それはなかったです。でも次の相談の予約は入れていきました」

「受けざるを得ないですもんね、吉井さんは。その感じで何度も話を聞くというのも、可能なんですよね？」

「そうですね。こちらとしては、よほどの事情がない限り断れないです。明らかに保険ご加入の意思はない、と判断できない限りは」

「新山さんは、どうだったんですか？」

「三度めで入ってくれました」

「あ、入ったんですか」

「はい。ありがたかったです。ただ、そのときは誘われました。契約をすませてから」

「それは、きついですね」

「断りましたけどね。そんなだと、逆に断りやすかったりもするんですよ。あくまでもお店、わたしにしてみれば職場ですから。そこでそんな話をするべきではないですよね。実際、ここでそういうお話はちょっと、と言いました。外で会う約束ぐらいはしてくれてもいいんじゃないか、と言われましたけど。もちろん、それも断りました」

「それで相談は終了ですか？」

「その日は」

「その日は」

「また来られたんですよ。別件で予約を入れられて」

「今度は損害保険とか？」

「いえ。また生命保険ですね。およその仕組はわかったからまた別の種類のものに入ってもいいかと思って、と言ってました」

「保険て、そういうものなんですか？」

「そうするかたもいらっしゃいますね。ちがう種類の保険に入ったり、同じ種類でちがう会社の保険に入ったり。これはありがたいことですけど、なかにはもう、保険に入ることが趣味というようなかたもいらして」

「趣味」

「はい。備えを厚くするのが好きというか、単に保険が好きというか。医療保険のなかにもまたいろいろなものがありますからね。病気全体をカバーするものとか、がんに特化したものとか」

「あぁ。がん保険」

　僕の母も若くしてがんで亡くなった。がん保険には、入っていなかった。まず、保険そのものに入っていなかった。だから、最後のほうの入院費用はすべてじいちゃんとばあちゃんが出したはずだ。

「入院費は一日一万五千円から二万円ぐらいかかるので、その額が保障されるものに入るかたが多いんですけど。複数の保険に入られてるかただと入院で儲《もう》けが出たりしますからね。トータルで一日五万円もらえる、とか」

「新山さんはその感じではないですよね？」

「ない、でしょうね。そのときにまた誘ってきましたし。で、わたしはまた断りました。で、また次の予約です。保険の話はちゃんと聞いてくれるんですよ。実際に入るつもりではいるから」

「あぁ」

　お客さんはお客さん。予約は断りづらいだろう。

「それで、ついに家の近くにまで来られました」

「え？」

「わたし、前に先生にもお話ししたみたいに、都営バスで通ってるんですけど。職場の近くのバス停から乗って、ここの駅前で降りて、あとは歩くんですよね。で、公園のこっちにあるモールの前を歩いてるときに声をかけられました。さすがに驚きましたよ。家の近くも近く。歩いて二分の場所ですからね」

　駅の北側。舞奈や僕が住む側にあるショッピングモールだ。僕もたまに行く。

「それは偶然、だったんですか？」

「本人はそう言ってました。ここに買物に来たんだって。そんなわけないんですよ。あの人が住んでるのはこの辺りじゃないですし。大きいショッピングモールだからよそから来ることもあるでしょうけど。わたしはただの帰り道で、モールのなかにいたわけではないですし」

「あとをつけて先まわりした、ということですか？」

「待ちかまえてたんでしょうね、その日は。わたしの家はもう知ってるんだと思います。先生にも家庭訪問で来ていただいたあそこ。場所を知っててわたしが都営バスで通勤してることも知ってれば、歩くコースがそこしかないことは簡単にわかりますから。駅からウチに行くなら、必ずあの通りを歩きますよね？」

「そう、なりますよね」

「途中で待ってれば来ますよ、わたし。逆に言うと、待ってなければ気づけないですよ。夜だったし。あの辺りは歩道もそこそこ広いし」

「お宅は、どうやって知ったんですかね」

「その前に、まさにあとをつけてたんじゃないですかね。職場から家まで。もしかしたら、同じバスに乗ったりしてたのかも。いきなり家の近くで待ちかまえたりしたら、それはダメでしょ、とわたしもなるだろうから、そうはならないようにしたんだと思います」

「お宅の前のあの細い道で会ったら、もう完全に知ってるんだなと思いますもんね」

「はい。やめてくれとはっきり言ったと思います。警察という言葉だって、出したかもしれません」

「そのときは、出さなかったんですか？」

「はい。まあ、誰がいてもおかしくないショッピングモールの前の道ではありますから」

「それでも、言っていいような気もしますけどね」

「わたしの家を知ってるわけじゃないよね？　とは言いました。そしたらあの人は、この近くなの？　と。言葉を用意してたんでしょうね。さらに言いましたよ。あ、そうなんだ、偶然だねって。わたしはもう、黙っちゃいました。言葉が出てこなくて」

「それで、新山さんは」

「せっかくだからお茶でも飲む？　と」

「吉井さんは」

「飲みません、と。で。そうか、駿希くんが待ってるもんね、と初めてその名前を出されました。それがもう、すごくいやで」

「名前は教えてたんですね」

「はい。最初に同窓会で会ったときに訊かれたので。そこではっきり後悔しましたよ。言うんじゃなかった、まず同窓会に行くんじゃなかったって」

　実際、新山八尋はもう舞奈の家がどこかわかっているのだろう。ほぼ舞奈の言ったとおりなのだろう。

「駿希くんに会ってみたいな、ともあの人は言いましたよ。会う必要がないです、とわたしは言いました。でも伝わらなかったのか何なのか、あの人は、お母さんの友だちなら会ってもおかしくないでしょって。そこで別れました。わたしが一人で歩きだした感じで」

「それで」

「それで、次の予約です」

「えーと、二回めの生命保険のときの続き、ですか？」

「いえ。二つめは入りませんでした」

「じゃあ」

「今度は損害保険。自動車保険がどうのと言いだしました。車、持ってないんですよね？　とわたしが言ったら、今度買おうと思って、と。生命保険のときと同じ。じき三十だし、そろそろ買おうか、ということらしいです。たぶん、うそですけど。同窓会のときは、東京で暮らすなら車は必要ないと言ってましたから。実際、まったく乗ってはいないらしくて。ペーパードライバーだからのゴールド免許だとも言ってましたし」

　僕と同じだ。こんな町で暮らしていれば、確かに車は必要ない。駐車場を借りるだけで、月何万円もかかってしまう。

「わたしもそこでやっと言いました。職場でしたけど、結構強く。こういうのはもうやめてくれませんか、と」

「あちらは」

「こういうのって、何？　と。保険に入っちゃいけないの？　ここはそういう場所じゃないの？　どうぞ来てくださいってそっちからお願いしてるんじゃないの？　おれ、お客じゃなかったっけ。保険、入らなかったっけ。と」

　お客、をそんなふうに持ちだす人はもうダメだ。何を言っても通じない。自分をお客と思っている保護者と同じ。説明はさせるが、どう説明しても納得はしない。自分の思いどおりの結果にならない限り引き下がることはない。

　お客だから突き放せない。何をされたわけでもないから警察に相談もできない。できそうな気もするが、難しいだろう。何をされたんですか？　保険に入られました。無理。舞奈にしてみればつらいところだ。

「アンガーマネジメントって、ありますよね？　怒りを感じたときは六秒待ってその怒りを鎮めましょうっていう」

「あぁ。はい」

「わたし、あれをやったんですよ。話を聞いたことはありましたけど、実際にやるのは初めてでした。でも今がやりどころだなと思って、試してみました」

「どうでした？」

「その場での怒りは抑えられたかもしれません。それで、決めました。もうこのままいくしかない、このままいこうって」

「このままというのは」

「あくまでもお客さんとして接しよう、保険の話だけをしていこう、ということです。つまりそれまでどおりですね。駿希に近づかれないようにするためには引っ越しも検討するべきかと思いましたけど、仕事まで変えない限りは意味がないなとも思って」

「上のかたに事情を話して別のお店に移らせてもらうことはできないんですか？」

「できるかもしれませんけど。それをしても同じですよ。わたしがいなくなれば、近隣の店を当たるでしょうし」

　別の会社に移ってもそれは同じかもしれない。新山八尋のような人物なら、保険代理店の一軒一軒を当たるだろう。おそらくは、そういうことが好きなのだ。相手のためにやっている。そんなふうに思えるのかもしれない。

「それに、引っ越しをする余裕なんてないです。駿希を転校させるのもいやですし。せっかく一年生になって、学校でお友だちもできたのに。あの子、遠足は本当に楽しかったと言ってました。ハンカチ落としの話もしてくれましたよ。そこで仲よくなれたクラスのお友だちもいたみたいで。石村先生と二人で話したとも言ってました。そこでまさかあの人からわたしにかかってきた電話のことまで話してるとは思いませんでしたけど。でも駿希がそれを先生に話したのは、逆に大したことではないと感じてるからでもあるでしょうし。できればそのままでいさせたいですよ。不安を与えたくない。少しも」

「そう、ですよね」

「で、そのアンガーマネジメントで怒りを鎮めたあとは、もう普通に話したんですよ。自動車保険の説明をしました。また一から。でもそこではあの人がすぐに言いました。あのさ、おれの気持ちはどうなるわけ？　って」

「気持ち」

「はい。離婚したと言ってきたのはそっちだよね。今ここでおれがしてるみたいに相談してきたよね。そのあと飲みにも行ったよね。思わせぶりな感じを出してきたよね。と、そんなことも言いました。わたし、相談なんかしてないんですよ。思わせぶりな感じも出してないです。向こうはそうとらえたのかもしれないですけど。そうとらえるなら、断ってることもちゃんととらえてほしいですよ。その、おれの気持ちはどうなるわけ？　っていうのを聞いたとき、あ、この人はほんとにまずいかも、と思いました。遅いですけど」

わかる。そこでそう言えてしまう人は、本当にまずい。

ふっと息を吐き、舞奈は教室の掛時計を見て、言う。

「すみません。長々と」

「いえ」

「話すなら初めから順を追って話さないと、どんな感じかうまく伝わらないと思って」

確かにそうだ。ただ付きまとわれてると言われただけなら、こちらも簡単に、警察に言うべきですよ、と言っていたかもしれない。それは難しいと舞奈が言ったところで、だとしてもそうするべきですよ、となお言っていたかもしれない。

どうしたらいいですか？　と舞奈に訊かれることはなかった。

訊かれたところで、僕自身に答の持ち合わせはない。僕はそうしたことの専門家ではないのだ。どうしろという指示など出せない。

ただ、こうは訊かれた。

「どう思われますか？」

「うーん。あまりよくはないようですね」

やはりそんなことしか言えない。そして結局はこれを言ってしまう。一度は言うべきだろうと思って。舞奈もそれを検討してみるべきだろう、とも思って。

「警察に相談してみてもいいような気はします」

「動いてはくれませんよね。何もされてないのに」

「そうかもしれませんが。前よりは、ちゃんと話を聞いてくれたりもするようですので」

舞奈も初めから僕に期待してはいなかったらしい。こんなことを言ってくれる。

「こうやって先生にちゃんと話を聞いていただけるだけで充分です。警察は、やっぱりちょっと」

「そう、ですか」

「わたし、どうしても仕事に時間をとられちゃうんで、ママ友みたいな人がいないんですよ。先生に聞いてもらえただけで、ちょっと安心しました。駿希の担任の先生がこのことを知ってくださってるのは大きいです。もし何かあったら、あぁ、あのことかと、すぐにご理解はいただけるでしょうし。何かあっちゃいけないんですけど」

「そうですね。何かは、ないようにしないと」

「はい。でも今はもう少し様子を見ます。こんなふうに自分で整理したうえで話してみて。あらためてそれが最善だと思えました」

「わたしも、吉井くんのことは気にかけるようにします」

それは特別扱いにはならないだろう。むしろ、そうしなければいけない。

もう誰にもあんな思いはしてほしくない。母のことで子に不安な思いをしてほしくない。

そしてもう誰にもあんなふうにはなってほしくない。僕の母だった石村有恵のようには。

# 夏　三十二歳

午前十時の居酒屋でお酒を飲んでいる。

これをデートと言っていいかわからない。

まあ、デートだろう。女性といるのだし。

店は二十四時間営業。だからこうして朝飲みができる。そう。昼飲みよりさらに早い朝飲み。カフェならモーニングが出てくる時間だ。

東京では、朝までやっている居酒屋がどこにでもある。新宿や渋谷に限らない。そう大きくない町でも、駅の周辺にはある。

だがそんな店も、電車の始発が出る午前五時には閉まってしまう。そこから午後四時五時まではしばし空白ができるわけだ。

ランチ営業をする店でも、その午前の時間帯だけは閉めるのが普通。だから、午前九時や十時に飲める店、すなわち二十四時間営業の店は多くない。どの町にも、はない。あるのは、繁華街を持つ大きな町のみ。そうでないと、さすがにお客さんは集まらない。

この町には、僕が知る限り二軒ある。そのうちの一軒を主に利用しているが、今日はもう一軒のほう。初めて来る店だ。

僕の職場の裏にある。裏も裏。僕がよくカラスを見かけるあの一方通行路沿い。帰るのと反対方向に少し歩くとある。

あまりにも職場に近いからと避けていたのだが。一度は行ってみようということで、来た。

午前十時だが、お客さんは結構いる。飲みたい人は、来るのだ。場所を調べてでも来る。だからさほど目立つ場所になくてもいいのだろう。

職場に近いからやはり落ちつかない、と思っていたが。ビールを一杯飲めばそんなことは気にならなくなる。あっさり忘れる。

お酒は、当務明けで翌日も休みという日にしか飲まない。ほかの多くの仕事同様、酒気帯び勤務は即解雇されるからだ。

まあ、それはそうだろう。商業施設の警備員がお酒の臭いをぷんぷんさせているわけにはいかない。巡回の際に通路をふらふら歩いていていいわけがない。

それは酒気帯び運転も同じだ。勤務外のことであっても、酒気帯び運転が発覚したら即解雇される。そこは採用のときに釘《くぎ》を刺される。入社後の新任教育のときにもまた刺される。

僕は大学まで長野にいたので、こちらには友人がいない。

ばあちゃんの葬儀に行ったときも、これで一人になったと感じたが、教師をやめたときも、やはり一人になったと感じた。所属がなくなったことで、はっきりと感じた。

ほかの教師たちと友人のように付き合うことはなかったが、同僚としての親しみぐらいは覚えていた。それすらなくなったことでそうなったのだと思う。

警備会社にも同僚はいる。立哨や巡回などの警備をしているときは一人だが、出入管理をするときは警備室で一緒になる。もちろん、話したりはする。が、正直、そこまで親しみを覚えてはいない。相手も僕もやりたくて警備をやっているわけではないからそうなるのかもしれない。

警備業界は人の出入りが激しい。やめる人は多い。すぐにやめなかったからといって長く続くとも限らない。ある程度長くやってやめる人は、もう体力が限界、となることが多い。

僕は今、四年め。思いのほか長く続いた。続けるしかないから続いた。

そして。この先続けたところで一人は一人だということが、何となくわかってしまった。一言で言えば、弱っていたのだ。

ばあちゃんの葬儀から戻ったあと、僕は初めてマッチングアプリを利用した。教師時代にはなかった発想だ。

マッチングアプリの存在は知っていたが、自分で利用しようと考えたことはなかった。長野から東京に戻る新幹線のなかで、あぁ、自分が利用してもいいのか、と思った。気づいたと言ってもいい。そこで完全に教師からは離れたということかもしれない。

いつまでも夜に沈んでいてはいけない。いつまでもカラスやバッタを見てあれこれ考えているのはよくない。やり方は何でもいい。とにかく少し動いてみよう。これまで目が向かなかったものにも目を向けてみよう。

そんなわけで、よくも悪くも心機一転。マッチングアプリに登録した。

基本、女性は無料。男性は月三、四千円の利用料がかかる。女性にかかるものもあるが、そちらはもう完全に婚活がメインらしい。逆に男性も無料というものもある。だがそれだといわゆる出会い系と大差がない感じがする。

だから、男性のみが利用料を払うものに登録した。

それだけでも、タップする際には緊張した。何というか、一線を越えてしまうような気がしたのだ。

実際には、タップする前としたあとで何も変わらなかった。そこがタップのすごいところだ。簡単にできるから、人は簡単にタップする。それで簡単に人を中傷し、簡単によくない動画を上げてしまう。

何も変わらなかった、のは一日だけ。二日めにはもう変わった。いいねを送った相手が、僕にも送り返してくれたのだ。

マッチング成立。そこからはメッセージを送れるようになる。

時間が経つと返信率が下がってしまうので、遅くとも二時間以内にはメッセージを出しましょう。ベストは一時間以内です。

とのネット情報を見ていたので、できればそうしたかった。

が、僕は仕事が仕事。頻繁に自分のスマホをチェックすることはできない。マッチング成立を知ったのは当務明け。五時間も経ってからだった。

ただ、逆算すると、相手がいいねを返してくれたのも午前三時。仕事の休憩中にそれをしてくれたものと思われた。

そう。相手も夜勤がある人なのだ。だからこそ僕も、お互いを理解できたり動ける時間が合ったりしそうだと思い、いいねを送っていた。

結果、会えることになった。イージーマッチング。すごい、と感心した。

世の中、出会いがないとはもう言えないのだ。あとは登録する気になれるかどうか。その手のアプリを利用することに抵抗がない相手としか知り合えないんだよなぁ、という気持ちを無意味と思えるかどうか。ただそれだけ。

そして今、僕はこうしてその相手とお酒を飲んでいる。もうこれが五度め。お酒の力もあり、かまえず、すんなり話せている。

渋川《しぶかわ》果子《かこ》。看護師だ。だから夜勤がある。

果子は今年三十歳。僕より二歳下だ。今、九年め。高校卒業後に看護専門学校に行き、資格をとった。高校に入った時点ですでに進路を決めていたという。

マッチングアプリの自己紹介文に看護師であることは書かれていた。夜勤があることも書かれていた。

あえて書いたのだと果子は言った。そのことをマイナスととらえる人もいるだろうからと。それがいやな人は初めからいいねを送ってこないでほしいと思ったのだそうだ。

僕はそこにこそ惹かれた。自身、夜勤があることは書いた。警備員であることも書いた。だから敬遠されることもあるだろう、と思っていた。誰からもいいねはもらえないかもな、とも。

実際、自分がいいねを送った果子以外からいいねは来なかった。

果子もそこを評価してくれたらしい。昼の仕事をしてる人に合わせて夜にするんじゃなく、夜勤明けに飲みたいの。そう言っていた。まさにぴたりとマッチしたわけだ。

果子は地下鉄の隣駅の近くにある病院に勤めている。入院設備もある総合病院だ。

ずっと夜勤というわけではない。日勤もある。日勤は午前八時半から午後五時半まで。夜勤は午後四時から翌午前九時まで。四週八休のシフト制だそうだ。

夜勤の出勤がその時間になるのは、入院患者の夕食に合わせるから。その前に出勤しておく、ということらしい。夜勤明けの日の翌日は必ず休み。だからその夜勤明けのときにゆっくり飲みたいというのだ。

僕も同じなのでよくわかる。

ということで、果子は夜勤明けで僕は当務明け、となったときに飲むことにしている。

果子は病院のすぐ近くに住んでいる。徒歩五分のところに寮があるのだ。借り上げのアパートで、間取りは１Ｋ。月二万円で住めるらしい。この辺りでそれは魅力だ。

ただ、借り上げアパートとはいえ、ほかの部屋には同僚も住んでいるので、カレシを連れこんだりはできないそうだ。

男女の初対面がそれでいいのかとも思うが。初めて会ったのが、この朝飲みの場。そのときから話は合った。夜勤関係のことだけで、ずっと話していられた。

果子は言った。

経験したことがない人に夜勤のことを話しても、ぴんと来てくれないのよね。ただただ大変だねえって言うだけ。疲れない？　って、そりゃ疲れますよ。そんなやりとりをすること自体に疲れちゃう。向こうもそこまで興味があって訊いてるわけじゃないっていうのもわかっちゃうし。

果子に聞いておもしろかったのは、ホストクラブの話だ。

看護師のなかにもホストクラブにハマる人はいるらしい。そんな人は、夜勤明けにホストクラブに行ったりもするという。

ホストクラブ自体が二部営業になっているのだそうだ。一部が普通の夜営業で、二部が朝から昼まで。

二部は水商売の人たちをターゲットにしているらしい。あとは、夜勤がある人。看護師は見事に該当する。とはいえ、ここ二年はコロナで店が営業を自粛したり、時間を短縮したりしているようだが。

果子自身は、ホストクラブに行ったことはない。逆に気をつかっちゃいそうで、と言っていた。

それもよくわかった。僕もキャバクラのような店に行ったことはない。行きたいと思わないからではあるが、行ったとしても楽しめないだろう。まさに変に気をつかってしまって。

そういうところでも、果子とは気が合うと感じた。何もそんなところで気が合うと感じなくてもよさそうなものだが。

小籠包《シヨウロンポウ》に麻婆豆腐《マーボーどうふ》に白身魚の甘酢かけにバンバンジーサラダ。つまみを食べながら、お酒を飲む。

初めの一杯はともにビール。二杯めは果子が焼酎《しょうちゅう》のジャスミン茶割りで、僕がハイボールだ。

帰って寝るだけならコンビニのたまごサラダロールしか食べないが、飲むときは結構食べる。食べられる。

果子の仕事は午前九時まで。そこからの残業はなく、ほぼ定時に病院を出られる。対して僕は午前八時までだが、業務の引き継ぎをしたり下番報告をしたり、何だかんだで八時半すぎになる。

だから午前九時半の待ち合わせでちょうどいい。もし早められるなら早める。そのあたりはＬＩＮＥでやりとりして調整する。お互いの勤務地が近いからそうできる。便利だ。

これまで会った四度はすべてこの形。朝飲みだ。

どちらもが丸一日動ける休みが合えばどこかへ出かけようと話してはいる。

実際、そんな日もあったのだが、結局は飲んでしまった。どちらもが休みとなるのは今日のこのパターンが多いから、どうしてもそうなるのだ。休みの終わりに飲むなら休みの前にゆっくり飲もう、ということで。

その四度で、お互いのことはひととおり話した。

人がいない深夜の商業施設は結構こわいよ、と僕が言えば、患者さんしかいない深夜の病院も結構こわいよ、と果子も言った。お化けとか、信じてなくてもこわいよね。そうそう、いないと思ってるのにこわい。

僕は自分が元教師であることも伝えた。さすがにマッチングアプリの自己紹介文にそこまで書きはしなかったが、こうして会ってからはすぐに伝えた。あとで話すことで隠していたみたいになるのはいやだな、と思ったのだ。

とはいえ、やめた理由までは明かしていない。初めに一度訊かれたが、何となくぼかしてしまった。

そこまでは踏みこめないと思っているのか、果子もそれからは訊いてこない。

今も笑み混じりにこんなことを言うだけだ。

「小学生はまさに学校で勉強してる時間なのにこんなとこでお酒を飲んで、罪悪感を覚えたりする?」

「しないよ。もうやめて三年経ってるしね。今もそうなってたら、それはそれでおかしいでしょ」

と言いつつ、実はそんな感覚も少しある。罪悪感とまではいかない。マイナス寄りの違和感、という程度だが。

元教師は、ずっと元教師なのだ。子どもたちから先生と呼ばれたこと、一緒に楽しく過ごしたこと、を忘れたりはしない。たまには、子どもたちが今の自分を見たらどう思うかな、と考えてしまう。

「子どもを見ると、今も教師時代を思いだしたりする?」

「それは、するね」と正直に答える。「何年生かなとか、そのくらいのことは考えるよ」

そう。そのくらいは考える。職場である商業ビルの地下で置引女子を見たときのように。いや、置引女子ではない。置引はしていない。させていない。カフェの店外テーブル席に座っていた女子、だ。

「当たり前だけど、子どもはどこにでもいるもんね」

「うん」

「わたしは実家が千葉だから、働くまではそんなに東京に来なかったけど、実際ここに住んでみて驚いたもん。繁華街の近くにも小学生はいるんだな、と思って。そりゃいるよね」

「まあ、いるよね。銀座《ぎんざ》にだって、小学生はいるよ」

「銀座の小学生かぁ。先生が生徒のことをさん付けで呼びそう」

　小学生だから生徒ではなく児童だが。そんな指摘はせずに言う。

「それは普通だよ」

「ん？」

「銀座に限らない。今は教師が児童をさん付けで呼ぶのは普通。昔みたいに呼び捨てにしたりはしないよ。男子のことも女子のこともさん付けで呼ぶ。それで分けたりしないように」

「あぁ。ジェンダー的なこと？」

「そうだね」

「男の子のこともさん付けで呼ぶんだ？」

「それが望ましいとされてるかな。実際にはくん付けで呼ぶ教師もいるけど」

「石村くんはどうだったの？」

「僕は、くん付けで呼んでた。やっぱり不自然な気がしちゃって。よそよそしくもなっちゃうし。でも例えば校長の前で児童の話をするときなんかはさん付けにしてたかな。公の場では一応、みたいな感じで」

「男の子でナントカさんかぁ。変だね」

「ずっと続けてれば変ではなくなるんでしょ。それが普通ということになるよね、たぶん」

「でも変でしょ。だって、そうしてるのは学校だけなんだから」

「学校って、まさに公の場だよね。そういう場でそうするべきだと教えておくのは、無駄でもないのかな」

　そんなことを言って、心のなかで苦笑する。自分がまだ学校の側に立ってるな、と思って。そしてごまかすようにハイボールを飲む。

　果子も焼酎のジャスミン茶割りを飲んで、言う。

「あぁ、それにしても。このお店が戻ってくれてよかったよ」

「何？」

「わたしも来たのは初めてだけど、ここが二十四時間営業であることは知ってたの。でも三月まではちがってたらしいのよ。夜までで閉めてたみたい。やっとまた二十四時間やるようになってくれたの」

「そうなんだ」

「この二年はずっとそんなだったんでしょうね。店を閉めたり、開けるにしても時間を短くしたり」

「だろうね」

「でもコロナは終わるどころか、またぶり返しちゃった」

「感染者、増えたもんね。最初に大騒ぎしてたころよりずっと」

「うん。重症化する患者さんは少ないのがまだ救いだけど。まさかここまで長引くとは思わなかったよね」

「看護師さんでも思わなかったんだ？」

「思わなかったよ。初めは、収まるまで一年かかるかもしれないとか言われてて。そんなに？　と思ったけど、気づいたらそれどころじゃない。二年以上経ってる」

「あっという間だったね」

「うん。初めのころがかなり昔のような気がする。懐かしいよ。町から人、ほんとに消えたもんね。この辺ですらゴーストタウンみたいになってたし」

「なってたね。最初の緊急事態宣言のころは」

「そうそう。あぁ、みんな、ちゃんと言いつけを守るんだなって、意外に感じたもん」

「うん。そうだった。守ってた」

「マスク、まったく買えなかったしね。病院でつかう分は支給されたけど。それだって、無駄づかいするなって言われてた。つかい捨てのものを無駄づかいするなと言われても、どうしようもないんだけど」

「どうしてたの？」

「もちろん、つかい捨ててたよ」

「病院がつかいまわしちゃまずいか」

「まずい」

「あのころは、確かに困ったね。僕なんか、つかい捨てのマスクを何度もつかってたよ。で、やっと買えたと思ったら、今度はすごく質が悪くて困った」

「質が悪いっていうのは？」

「ちょっと引っぱっただけで、すぐにヒモがとれちゃう。着けるときも外すときも左右片方ずつ慎重にやらないとダメ。つい忘れて一度にやると、左右のどっちかがとれてつかいものにならなくなる。出先でそうなったときはあせったよ。町なかで人は多いんだけど、近くにコンビニはないから買えなくてさ」

「どうしたの？」

「内側から口でくわえて無理やり固定」

「できる？」

「できるというか、まさに無理やり、したね。片側のヒモが切れてるのにマスクをしてるんだから、周りから見たら不思議だったと思うよ」

「それだと息がしづらくない？」

「しづらい。鼻呼吸のみ。口では息をしない。唇を開くと、その瞬間に外れちゃうから」

「マスクを内側からくわえるって、肝心の衛生面でどうなのよって話よね」

「僕も思ったよ、このせいで感染したりしてって」

「まあ、マスクにウイルスが付着してるぐらいなら、たぶん、その時点で吸いこんじゃってるけどね」

「そう、だよね」

「マスク。初めのころは、しない人もいたよね」

「いたね」

「これはよく覚えてるけど。電車のなかでさ、端の席に座ってパソコンをやってる男の人がいたのね。ノートパソコン」

「仕事か何かしてたってこと？」

「たぶん。で、その人がマスクをしてないわけ。そのころはもう全員がマスクをしてるような時期だったんだけど、車両のなかで唯一してないのよ」

「へぇ」

「でね、その人、ムチャクチャくしゃみしてんの。せきではなくて、くしゃみ。でも連発。わたしは通路を挟んだ向かいの席に座ってたんだけど、さすがにゲッと思ったよ。あまりに連発するもんだから、周りの人たちもかなり引き気味で」

「それは、引くね」

「そもそもね、その人の隣の席はずっと空いてたの」

「マスクをしてないから？」

「というよりは、パソコンで作業をしてたからなのかな。そういう人の隣って、あとからは座りづらいじゃない。何か窮屈だし。で、その人、さすがにまずいと思ったのか、バッグからタオルを取りだして口に当てたの。それで作業続行。降りる駅までずっとそうしてた」

「くしゃみは治まったの？」

「どうにか」

「で、降りてったの？」

「そうなんだけど。わたしね、降りたあとも、何となく見てたのよ。向かいの窓越しに。そしたらね、その人、どうしたと思う？」

「わからない」

「マスクしてんの」

「え？」

「マスクを取りだして、着けてんの。持ってたのよ」

「どういうこと？」

「と、わたしもそう思って。そのあと電車に揺られながら考えてみたの。で、わかった。パソコンで作業をしてたから、隣に座られたくなかったのよ。だからマスクもしてなかったの、わざと。ほら、そうすると避ける人もいるから。マスクをしてない人の隣にわざわざ座ったりはしないじゃない。たぶん、それを狙ってたの」

「そうなの？」

「だと思う。だって、そうでなきゃ説明がつかないでしょ。くしゃみが出たときにマスクをすればよかったんだから」

「そのくしゃみも演技だったとか？」

「いや、それは本物だったと思う。だから本気であせってタオルを出したんでしょ」

「何でマスクをしなかったんだろう」

「そこでしたら、それまでわざとしてなかったことがバレちゃうから」

「あぁ。そう、なのかなぁ」

「それ以外ないでしょ」

「うーん」

「それに気づいたときは、うわぁ、と思ったよ。いやだなって」

「事実なら、いやだね」

「もうさ、自分勝手の嵐《あらし》じゃない。電車内でのパソコン作業自体ちょっと邪魔くさい感じはするけど、それは、まあ、いいとして。それをやるために席を二つつかおうとする自分勝手。隣に誰も座らせないようにするためにわざとマスクをしない自分勝手。でも電車を降りたら今度は体面を気にしてすぐにマスクをする自分勝手。嵐。すごいなと思って、感心しちゃったよ。コロナを逆に利用。広い意味での火事場泥棒みたいなもんだよね」

「一時期はみんなこわがってたからね。僕も見たことがあるよ。昼間の電車でさ、こう、一つ空けて席に座るみたいな感じになってるんだよね。そんなルールはないんだけど。何となくみんなそうしてるっていう」

「あぁ。わかる。人と人のあいだに座るくらいなら立ってるっていう感じでしょ？」

「そう。それでさ、誰かが隣に座ると、弾《はじ》かれたみたいに席を立ってほかの車両に行っちゃうの。降りるからっていうわけでもなく」

「そういう人も、いたね」

「そのときはどっちも女の人だったけど。座った人が立った人に何か言おうとして」

「文句を言おうとしたってこと？」

「じゃなくて。あ、ごめんなさい、じゃ、わたし座りませんから、というようなことを言おうとしたんだと思う」

「お互い、マスクはしてたんでしょ？」

「してた。何とも言えない場面だよね。どっちの気持ちもわかるから。座った人にも後ろめたさはあるし、立った人にもそれはある。いいことが何もないんだよ。座った人も、それで、座れてよかったとは思えないだろうし。社会全体がそう。人に対して、余裕がなくなっちゃうんだね」

「今もそれはあるよ。わたしもこないださ、外を歩いてて、道を訊かれたの。男の人で、七十代ぐらいかな。声をかけられたから立ち止まって話を聞いたんだけど。その人、マスクをしてないのよ。そのうえ声が小さいもんだから聞きとりづらくて。耳をというか、顔を近づけるしかないの。で、実際にそうして、道を教えたんだけど。別れてから思ったもん。人に道を訊くときはマスクをしてほしかったなって」

「あぁ」

「今からでも言ってあげたほうがいいのかなとも思ったよ。人に道を訊くときはせめてマスクをしたほうがいいですよって。いやな対応をする人もいるかもしれませんからって」

「それは、いるかもね。無視するとか、いきなり怒りだすとか」

「わたしも、そう言おうかと思っちゃう自分がちょっといやだったりもして」

「医療従事者として、それは言ってもいいんじゃない？」

「病院でなら言うけど。相手はわたしが看護師だと知らないわけだしね」

「まあ、そうか。日本人はみんなちゃんとマスクをするから、しないと、どうしても目立っちゃうよね」そして僕はふと思いついたことを言う。「あ、でもさ、そのおかげで、インフルエンザの感染者は、この二年、激減したんでしょ？」

「うん。そう」

「インフルエンザ予防のためにもこうしてれば、ほぼ防げるってことだよね」

「みんながちゃんとやれば、結果は出るんだね」

「それはもっと大々的に伝えるべきニュースだと思うよ。ちょっとしたこぼれ話みたいな感じにじゃなくさ。だって、明らかに役に立つニュースだもんね。マスクにはウイルスを拡散させない効果はあるっていうことの証《あかし》になるわけだし」

「ただ。もういい加減外したいけどね。マスク。わたしなんて、そもそも職場ではずっと着けてるから、せめて私生活では外したいよ。夏にマスクはきつい」

「きついね。でもこう言っては何だけど」

「何？」

「コロナで美人は増えたよね。みんなマスクをしてるから」

「あぁ、それね。ほんと、わかる。イケメンも増えた。激増」

「あ、女性もやっぱりそう感じる？」

「感じる」

「目と鼻と口で、出てるのは目だけ。そうなると、人の顔はよく見えるってことなのかな。いや、見えないほかの部分をこっちがいいように想像しちゃうってことか」

「じゃ、石村くん、すれちがう人はみんな美人に見えてるんだ？」

「会話をしたりである程度接する人は。ただすれちがうだけの人の顔は、逆にまったく見なくなったよね」

「それはそうだね」

「ちゃんと見えないなら初めから見ようとしないってことなのかな」

「うん」

小籠包の最後の一つに箸《はし》を伸ばして、果子が向かいにいる僕の顔を見る。

どうぞ、と掌で示す。

もう熱々ではないその小籠包を食べ、果子は言う。

「そういうことも含めて、人と人の関係は、この二年でちょっと変わったような気がする。知らない人だけじゃなく、知ってる人との関係も」

「それは、どういう？」

「コロナで人と会えなくなったけど、それは見方を換えれば、会わなくてすむようになったっていうことでもあるじゃない。例えば友だちなんかとも。特にわたしなんて、医療関係者だから、初めのころは敬遠されたりもしてたし」

「してたんだ？」

「うん。露骨にではないけど、前ならかかってた声がかからなくなったりはしてた。わたしからも声はかけなくなったし。でもそうなったことで、気づいたのよね。これまで無駄に付き合ってきた友だちも何人かいたんだなって」

「無駄に」

「うん。好きで付き合ってると思ってたけど、実はそうでもなかった。付き合いがなくなって楽になってることに気づいちゃったんだね。それまでは、たぶん、お付き合いのためのお付き合いをしてたの」

「わかるような気はするよ。僕はこっちに友だちがいないから、付き合いがある人もいないけど」

「コロナを経て変わる関係って、多いだろうね。変わるというか、もとには戻らないというか」

「人同士の関係以外にも、変わっちゃうことはいろいろあるだろうしね」

「まあ、人と会わなくてすむ、なんて言いながら、マッチングアプリを利用しちゃってるんだけど」と果子が笑い、

「確かに」と僕も笑う。

「いや、石村くんはちがうでしょ」

「何で？」

「コロナとは関係なく。根本的にさびしかったんでしょ」

「何それ。と言いたいとこだけど。そうかも」

「初めて会ったときにもう、そんな感じしたもん」

「した？」

「した。先生をやめたって聞いたからかもしれないけど」

そう言って、果子は焼酎のジャスミン茶割りを飲む。

僕もハイボールを飲む。

ともにグラスが空くので、お代わりを頼む。

「警備業界はさ」と果子が言う。「コロナはどうだったの？」

「厳しかったことは厳しかったかな。会社の売上は下がったはずだし」

「人を減らすとか、そういうことは？」

「ウチはしなかったよ。警備業界自体が常に人手不足だからね。何かしでかしでもしない限り、会社から切ることはないいんじゃないかな」

「夜勤をやりたがる人なんて、そうはいないもんね。それは看護師も同じだけど」

「看護師さんは、なるためにまず資格をとらなきゃいけないから大変だよね」

「その代わり、安定はしてるから。待遇もそれなりにいいし。保育士さんなんかのほうがずっと大変でしょ。資格はなきゃいけないし、だけど待遇はそんなによくないしで」

「そうか」

「コロナのあいだ、仕事はずっと続けてられたの？」

「派遣されてる店が閉まってよその現場に行かされたことはあったよ。何日かは自宅待機とかも。あとは、有休を消化したり」

「させられたりってことだ」

「まあ、そうだね。でもそれがあるだけたすかるよ。入って間もないアルバイトさんなんかはそうもいかないから」

「一旦《いったん》やめて、よくなったらまた働く、みたいな感じになるわけだ」

「うん。看護師さんはどうだったの？　って、訊くまでもないか。ものすごく大変だったよね」

「そうね。何よりもまず、気持ちの負担が大きかった。初めのころは、ウイルスについての正確な情報がわからないまま患者さんの相手をしなきゃいけなかったから。ワクチンは優先的に打たせてもらえて、それで少しは状況もよくなったけど。でもやめる人も何人かいたから、一時期は本当に大変だった。さすがにマッチングアプリのことなんて考えてられなかったよ。今は今でまた大変だけど」

「やっぱりやめる人も、いるの？」

「ある程度は。でも今は自分がかかって休まざるを得なくなる人もいるから、その意味で大変かな。そうなると、一定期間は休まなきゃいけないし」

「あぁ、そうか」

「だからわたしも気をつけてる。このお店も、電話して訊いちゃったよ。コロナ対策はちゃんとしてるかどうか」

「電話したの？」

「うん。ネットだけじゃよくわからなかったから。で、ちゃんとやってくれてるみたいだからいいかと。この時間だと、さすがに混みあうこともないみたいだし。そんなわけで、これ」と果子は目の前のアクリル板を指す。僕らを仕切っている透明なそれだ。「飲みに行かないのが一番なんだけど、でもたまには許してほしい。何ていうか、すり減って、自滅しちゃわないように」

「自滅」

「うん。うつ的な症状が出てる人も、結構いるみたいだし。それこそ二年以上も緊張状態が続いてるからね」

「そうだよなぁ。僕も前にワクチンを打ちに行ったとき、看護師さんは大変だと思ったよ。それ、いつもならクリニックが閉まってる日曜だったしね。で、打ちに来てた人は多かったんだけど、看護師さんの手際がよくて、流れもすごくスムーズで、感心した」

「まあ、打ちに来るのは元気な人だからね。指示を出しさえすれば自分で動いてくれるし。病気の人はてきぱきとは動けないよ。わたしが普段相手にしてるのは、そんな人たち」

「そう、だよね」そして僕は尋ねる。「今日みたいな夜勤のときは、何をするの？」

「事務仕事もあるけど。それこそ警備の人みたいに定期的に病室を見てまわったり、呼ばれたら対応したり、かな」

「ナースコールというやつだ」

「うん」

「あれ、結構来るの？」

「日によっては鳴りっぱなしっていうこともあるよ。一時間おきにトイレに行く人もいるし。何もないのに呼ぶ人も、なかにはいる。目が覚めちゃって眠れないとか、そんな理由で呼ぶ人」

「呼ばれたら、どうするの？」

「一応、話を聞くよ。そんなに時間はとれないけどね。ほかの本当にあぶない人にいつ呼ばれるかわからないから」

　本当にあぶない人。さらりと言われるが、聞き流せない。入院しているのは、そのほとんどが、あぶない人。あぶなくない人は入院などしないのだ。あぶなくないのに入院するのは、追いこまれた大物政治家ぐらいだろう。

「まあ、呼びたくなる気持ちもわかるけどね。夜はどうしても不安になるから。わたし死んじゃうのかな、なんて言うよ。実際にあぶない人も、そこまではない人も」

「そんなときは、どう応えるのが正解？」

「正解なんてないよ。後ろ向きなことは言わないとか、逆に、絶対によくなりますみたいなことも言わないとか、そんなふうに指導されたりもするけど。結局、自分の言葉で言わないと何も伝わらないから。わたしは、思ったことを言うようにしてる」

「例えば何て言うの？」

「人はいつか死にますよ、とか」

「言っちゃうんだ？」

「わたしは言っちゃう。もちろん、人を見てだけど。そのあとにこう続ける。わたしもいずれ死んじゃいますしって」

「おぉ」とつい声を上げてしまう。

「そう言われて気持ちが楽になるとは思えないけどね」

「いや、そんなことないでしょ。少しはなるんじゃないかな。病気の人って、やっぱり自分のことしか考えられないだろうから、そんなふうに他人のことも考えられると、というか想像できると、ちょっと楽になりそうな気がするよ」

「おぉ」と果子も言う。「さすが石村くん」

「何？」

「言うことが先生っぽい」

「元だよ。元先生」

「わたしから見れば、一度でも先生だった人は先生だよ」

　僕が元教師であることを話したとき、果子も一度は、何でやめたの？　と訊いてきた。深い意味はない。会話の流れでそうなっただけだ。教師をやめたと聞いてそう訊いてこない人はいない。訊かないほうがおかしい。

　ちょっといろいろあって、と僕は答え、すぐにこう付け加えた。あ、でも別に変なことじゃないよ。ヤラしいこととか、そういうんじゃない。

言ってみて、いやな気分になった。

そうは思わないよ、と果子は言ってくれた。もしそうなら、元教師であること自体を隠すでしょ。

いい機会なので、自分から訊いてみる。

「渋川さんは、何で看護師になったの？」

そんなことを訊かれてもすぐには答えられないか、とも思ったが、答はすぐに来る。

「一人で生きていきたかったから。というより、一人で生きていけるようにしたかったから、かな。ウチは、お父さんが働いてなかった時期があって、お母さんが苦労したのを見てきてるから」

「働いてなかったっていうのは？」とこれも訊いてしまう。

「何か、陶芸家みたいなのになろうとして。どこかの先生に付いてたの。結局、ものにはならなかったんだけど。だからその時期はお母さんがずっと働いてて。でも働きだしたのが四十ぐらいだったんで、あんまりいい仕事には就けなくて。何か資格を持ってればなぁって、ずっと言ってた。それを聞かされてるから、わたしは初めから資格をとろうと思ったわけ」

「そうなんだ」

「お母さん、資格をとらなかったことを悔やむより、お父さんと結婚したことを悔やめばいいのにって思ったけどね。離婚しちゃえばいいのにって。自分がワカモリになってもいいとも思ったし」

「ワカモリ？」

「お母さんの旧姓」

「あぁ」

若森、だそうだ。

「離婚は、しなかったんだよね？」

「しなかった。そんな感じなのに、意外と仲はよくて。わたしとお父さんはダメだったけどね。高校ぐらいからはほとんど口もきかなかったよ」

「何で？」

「何でって。そんなしょうもない父親だからだよ。陶芸をあきらめたあとは会社に入ったけど、そこもまたやめてるし」

「今は？」

「清掃の会社に勤めてる」果子は焼酎のジャスミン茶割りを飲んで言う。「だからね、わたしが看護師になったのはそれが理由。人をたすけたいとかじゃないの。一人でやっていくための資格がほしかったから。ただそれだけ」

だったら自分と同じだ、と思う。

警備員はともかくとして。僕も教師になったのは、その資格をとれば一人でもずっとやっていけると思ったからだ。人に何かを教えたかったからとか、そういうことではまったくない。今はその資格もふいにしてしまったが。

「警備の仕事」と果子が言う。「ずっとやるの？」

「どうだろう」と返す。「まだわからないな」

夏でも手袋はする。白手袋だ。マスクと同じ。外さない。

これにはいくつか理由がある。

まずは、緊急時に人々を誘導する際に目立たせるため。そして、警察の捜査が必要となる何かがあったときに余計な指紋を残さないようにするため。あとは、まあ、清潔な印象を与えるため。だから夏服になっても白手袋ははめる。制帽もかぶる。ブレザーは脱ぎ、シャツは白無地からブルーのそれに替わるが、そこは変わらない。

警笛や無線を常に携帯するのも同じ。警笛はブレザーのとき同様右肩のレニヤードに吊るしてあるし、無線は腹部の帯革に装着してある。

勤務中はイヤホンを耳に入れっぱなしだ。そこに、一階の防災センターを兼ねた警備室から指示が来たりする。何かあったらこちらからマイクで連絡もする。

受信は自動。特に操作をする必要はない。送信は、通話スイッチを押し、マイクを口から少し離しておこなう。日常会話程度の大きさの声で。

僕らが携帯する通信手段は無線のみ。私物の電話は携帯禁止だ。勤務中は更衣室のロッカーに入れておかなければならない。だからマッチングアプリでいいねが来ても、すぐには気づけない。いいね、ではない。よくない。

ついでに言うと、勤務中は私的な理由での外来者との面会も禁止だ。商業施設に友人が来たからちょっと立ち話、ということはできない。

そのくらいはいいようにも思えるが、ダメ。警備員が人と談笑している姿を一般客が見たら、気を抜いていると思うかもしれない。いつもそんなだと思うかもしれない。

商業施設の警備では、護身具は携帯しない。護身術は一応教わるが、半期に一度数時間の指導を受けるだけなので、正直、習得するまではいかない。そのあたりは、警察学校に通わされる警官ほど徹底されてはいない。

僕自身、習得しているとはとても言えない。いざ危険な場面に遭遇しても、大したことはできないだろう。それでも、お客さんのことは守らなければならない。できなくても、やらなければならない。酷といえば酷だ。

教師をやめたあと、人と関わりたくなくなった。そもそもそう関わってきたわけでもないが、さらに関わりたくなくなった。だから警備員を選んだと言うこともできる。

なのに、施設警備。多くの人々が集まってくる場所の、警備。

結局、人からは離れられない。本当に一人でできる仕事などないのだ。ものによっては接触の機会を減らせるだけ。

もちろん、そんなことはわかっていた。わかったうえで、警備員になった。人から完全に離れてしまってはまずいという意識も、どこかにはあるのかもしれない。

教師をやめたあと、次の仕事まで間を空けるのはよくないと思い、すぐに動いた。

警備業界の離職率が高いことは初めから知っていた。わざわざ調べるまでもない。常に人を募集しているのがその証拠だ。

それでも調べてみたら。その理由には、拘束時間が長いことや体力的にきついことや給料が安いことが挙げられていた。

まあ、そうなのだろう、と思った。それはあまり気にならなかった。僕にしてみればとりあえず働くことが大事。仕事自体には何も期待していなかった。自分がつまずいた人間であることは受け入れていた。すでに整理はつけたつもりだった。

教師は信用されるが、元教師は信用されない。何かあってやめたのだと思われるのは目に見えていた。入社面接でも根掘り葉掘り訊かれるはずだ。

そこをわずか一分にまとめてうまく説明する自信はまだなかった。うまく説明したところでうまく伝わりはしないだろう。ならばとにかく人をほしがっている会社を受けるのも手。そう思った。

実際、今の会社でも、あれこれ訊かれることは訊かれたが、細かなことまで説明する必要はなかった。ただし、最後ははっきりこう訊かれた。

何か罪を犯して刑罰を受けたりはしていませんね？

それには、はっきりこう答えられた。

していません。

それだけ人手が必要だったということだろう。僕はすんなり採用された。

そして幸か不幸か、勤務地は住まいのすぐ近くになった。今の商業ビルだ。会社が気を利かせたというよりは、都合がいいと思ったのだろう。交通費を払わなくてすむし、いざというときすぐに呼集することもできる。

だから、引っ越す必要がなくなった。気分転換になるから引っ越してもいいと思っていたのに、引っ越さないほうがいいようになってしまった。

マンションは、勤めていた小学校の近くだが、一応は学区外。学校は駅の北側だが、新しい勤め先は駅の南側。面識のある児童に会うことはないだろうと思った。

とはいえ、商業施設。小学生でも、休日に家族とともに訪れることはあるはず。

実際、何度かはあった。が、いずれもこちらが気づいただけ。気づかれたことはない。ここ二年半はともかく、初めの一年はマスクをしていなかったが、それでも気づかれなかった。

そんなものなのだ。誰も警備員のことなど気にしない。すれちがう際に顔を見たりもしない。マスクをしている今なら、気づかれることは百パーセントないだろう。

入社してみたら、周りは僕と同じ中途採用者ばかりであることがわかった。だから元教師でも大した異分子にならなくてすんだ。元警官も多いため、元公務員くくりということで見ても特に浮くことはなかった。

中途採用者はとにかく多かった。大学の新卒採用者は百人に一人ぐらい。その人たちはいずれ会社の幹部になる。だから現場にいるのは初めだけ。

その新卒採用者に限れば男女は半々らしいが、全体なら女性は一割。ただ、万引Gメンは七割が女性だという。そこはイメージどおりかもしれない。スーパーの売場には、やはり女性がいるほうが自然なのだ。

中途採用者は十八歳以上。高卒が一般的だが、中卒の人もいる。

警官、自衛官、公務員、会社員。経歴は本当に様々だ。そのあたりもタクシー業界に近い。タクシーだと入社後に二種免許を取得しなければならないが、それがない分、警備のほうが飛びこみやすいのかもしれない。

ただし、離職率は本当に高い。拘束時間が長く体力的にきつく給料が安いうえに内外の人間関係の不和も生じたりするから、定着はしにくい。

現に、僕が入ったあとにやめていった人は何人もいる。他業界では採用されなかったのでまたほかの警備会社に入る、という人も多いようだ。

入社すると、十日ほどの新任教育を受けて、派遣先が決まる。その後も定期的に現任教育を受ける。

その新任教育のときに、これは何度も言われる。

警備員に特別な権限はない。

警備業法第十五条にそうある。そこまでの十四条はよく知らないが、この十五条だけは頻繁に出てくるので覚えてしまう。僕ら警備員は警官とはちがう。一般私人と同じなのだ。その立場で、他人を守らなければならない。

無理ならやめればいい、と僕も思っていた。今のところ、やめようとは思っていない。勤務地も近くだから、結果的にはよかった。

今の施設での隊長は、豊島達栄さん。僕より六歳上。やはり中途採用ではあるが、二十代の半ばにはもう入社したらしい。

部下の責任は部下の責任。そう考える上司も多い。部下は部下でまさに無責任に、部下の責任は上司の責任と上司は考えるべき、と思ってしまう。

部下が上司の指示どおりに動いて犯したミスの責任をとるならまだしも。部下がただ怠惰《たいだ》であるがゆえに犯したミスの責任まで上司がとる必要はない。

だがそこで部下を怠惰にさせた責任は上司の自分にあると考えるのが豊島さんだ。

部下の盾となって施設側に頭を下げる豊島さんの姿をもう何度も見ている。施設側からの要求が無茶なものであっただけなのに、それに応えられなかったからと、契約を切られないよう会社のために頭を下げる豊島さんの姿も何度かは見ている。施設とそこのお客さんだけではなく、会社や社員をも守っているのだ。

隊長がこの豊島さんでよかった。人には恵まれた、と僕は思っている。

実際、大きいのはそれなのだ。人が仕事をやめるのには様々な理由がある。ほとんどの退職に、人、は絡んでいるはずだ。

極端なことを言えば、拘束時間が長くても、体力的にきつくても、給料が安くても、周りにいやな人が一人もいなければ、人はおそらくその仕事をやめない。拘束時間のことや体力のことや給料のことは、働く前からある程度わかっていたはずなのだし。

その意味で、僕は運がよかった。それがこの三年でわかった。

どの業界でも同じだろうが。警備員にも、何というか、荒っぽい人はいる。荒っぽいうえにロクでもない人もいる。そんな人と隊を組まされることがないとは言いきれないのだ。それはもう、まさに運。

こんなことを言うのはよくないが。もしも隊長が豊島さんではなく、現副隊長の中浦邦克さんだったら、僕も早くに退職を検討していたかもしれない。中浦さんの理不尽な指示や無駄にきつい当たりに耐えられていたかはわからない。

さらに言えば。今後、豊島隊長がよそへ行き、中浦副隊長が隊長に昇格することだってあるかもしれない。そうなったらどうなるのか。それは本当にわからない。あまり考えたくもない。

一口に施設警備と言っても、いろいろある。常駐警備。巡回警備。機械警備。保安警備。僕がしているのは常駐警備だ。

巡回警備は、決められた時間に車などで巡回したりするもの。

機械警備は、各所にセンサーを設置し、基地局で何か異常を感知したら警備員を現場に派遣するもの。裕福な人が個人宅でも契約したりするあれだ。

保安警備は、商業施設などで万引の警戒や防止にあたるもの。なかでも私服保安警備をおこなうのが万引Gメンで、こちらは万引犯の捕捉が主。対して制服保安警備は万引への警戒が主。

だから、まあ、常駐警備のなかに巡回警備も保安警備も含まれる、という感じだ。

自動火災報知設備の管理なども、僕ら警備員がおこなう。防犯は大事だが、防火防災はそれ以上に大事だ。何せ、人の命に関わるから。

自衛消防技術認定、防災センター要員・自衛消防業務講習、上級救命講習。それらは、警備員三点セット、三種の神器、と呼ばれる。

なかでも自衛消防技術認定は東京都限定の資格だが、必須。難易度はそう高くないものの、試験もある。そう。タクシーのような免許までは必要ないが、東京都で施設警備員として働くなら、その資格だけは必要なのだ。

防災センター要員も東京都限定で、自衛消防業務は全国共通だが、こちらは一度で講習を受けられる。ただし、座学と実技で二日かかる。

残る一つ、上級救命講習は一日で受けられる。

僕も一応、その三つを持っている。

巡回の際は、ごみ箱なども見る。蓋《ふた》が付いているものなら、きちんと開けて煙が出ていないかを確認する。

それ以外に、消火器の場所は正しいか、常時閉鎖型の防火戸は閉まっているか、随時閉鎖型の防火戸の前に何か置かれていないか、なども確認する。

こうした施設で一番こわいのは、やはり火災なのだ。

火そのものもそうだが、火災でもう一つ危険なのは煙。死者の多くは、火災初期に煙を吸いこむことで出てしまう。

だから僕自身、消火器と消火栓の場所はすべて把握しているし、常に意識してもいる。万が一火災が起きたとして。そこから逃げるのでなく、まずは火元に向かわなければいけないのが警備員。把握しておかないと、自分があぶない。

それ以外の仕事は、従業員通用口や駐車場の解錠や施錠。人や物品の出入管理など。

二十四時間でやることはいろいろある。

例えば深夜でも潜《ひそ》みの巡回はおこなう。閉店時にお客さんが店から出ずそのまま売場に隠れたりしていないか、それを確認するのだ。前に果子と話したのがこれ。人のいない深夜の売場は結構こわい。お化けを信じていなくてもこわい。

巡回はすべて肯定形でおこなう。火災は起こる。カギは未施錠になっている。不審者はいる。常にそう思って巡回せよ、ということだ。車で言う、かもしれない運転、のように。それもやはり新任教育のときに何度も言われた。

幸い、これまでの三年強、僕は大きな事件事故に当たってはいない。万引犯の捕捉をしたり。酔って暴れたお客さんがいたので一一〇番通報したり。体調を崩したお客さんを防災センターで休ませたが回復しなかったので一一九番通報したり。と、そのくらいだ。

基本的には、どんな相手にも穏やかに接する。商業施設なので、僕らもその一員として、常にソフトな接客警備を求められるのだ。

お客さんのなかには、ごみを通路にポイ捨てしたりする人もいる。つい最近もいた。おそらくは中学生の男子。

すぐ後ろに僕がいたことに気づかず、キャンディの空箱を捨てたので、拾って声をかけた。落としましたよ、と。

明らかにごみであっても、ごみ箱に捨てたのでなければ本人のもの。勝手に処分するわけにはいかない。

という理屈で動いただけなのだが。男子は僕が嫌味で言っていると思ったらしく、不機嫌な顔をした。

ごみならこちらです、とごみ箱のところへ案内した。

ただ一緒に来てもらっただけ。捨ててしまってよろしいですか？　と確認をとり、目の前で僕が捨てた。

ごみはごみ箱に捨ててください、などと指導めいたことを言ったりはしなかった。それは警備員の仕事ではないのだ。

何かあってもその程度。毎日のように事件事故が起きたりはしない。起きないでほしい。

午前八時から翌午前八時までの当務が主で、そこに日勤と夜勤が絡む。不規則は不規則。体は疲れる。

だがどうにかやっている。やれていると思いたい。


休みの日はなるべく歩くようにしている。仕事の日はずっと屋内にいるので、外を歩き、陽に当たるよう努めているのだ。

巡回の際もビルのなかを歩きはするが、二キロも三キロもというわけにはいかないし、早歩きもできない。だからそこそこの速さで歩く。

教師時代に遠足で子どもたちを都立公園に連れて行ったあの川沿いの道を行くことが多い。それだと、さほど信号にも引っかからなくてすむのだ。

そしてその道なら学区外でもあるから、顔見知りの子たちに会う心配もない。

と、そうは言っても、僕が教師をやめてそろそろ三年半。最後に受け持っていた一年生の子たちはもう五年生。僕のことなど忘れているはずだ。

そんなことを考えながら歩いていると。

「こんにちは」という声が聞こえてくる。

すれちがった子どもが言ったらしい。まさに小学生ぐらいの男子。よく見ていなかったので、何年生かはわからない。

僕の後ろにいる誰かに言ったのだろうと思い、そのまま歩きつづける。

しばらくしてから、振り向いてみる。

意外にも、誰もいない。今すれちがったその子の後ろ姿があるだけだ。

えっ？　と思う。僕に言った？

知り合いに声をかけた感じではなかった。知り合いなら、もっとはっきりかけるだろう。立ち止まりもするだろう。

教師時代には、校舎内の廊下でこんなことがよくあった。下校時などに、担当外の学年の子たちまでもがさようならを言ってくれたりするのだ。

だがもう僕自身にそれが日常という感覚はなくなっている。直接知っているのではない人が普通にあいさつをしてくれる、という感覚は。

ただ。まちがいなく、今のあの子は僕にあいさつをしてくれたのだ。独り言で、こんにちは、はない。

そのあいさつを無視してしまった。僕が気づかなかったのだと思ってくれていたらいい。実際、そうなのだし。

追いかけていって、いや、ごめんごめん、と謝りたくなる。だがそれはできない。何と言うのだ。いや、ごめんごめん、こんにちは、か？　そのうえで何か話す？　それこそ不審者かと思われてしまう。

そして思い当たる。あの子はまさに僕を不審者だと思っていたのかもしれないな、と。

つまり防犯。予防措置だ。

平日の午後四時半すぎに一人でこの川沿いの道をぶらぶら歩いている三十代前半の男。子どもとして、警戒はするべきだろう。あの子はまさに警戒し、先手を打ったのかもしれない。

こんにちは、とあいさつすることで、ぼくはきちんと周りに目を向けていますよ、油断はしていませんよ、と示したのだ。先手を打って不審者に声をかける僕ら警備員のように。

だとしても、あいさつは返すべきだったな、と思う。それだけなら問題はないのだ。あの子だって、あいさつを返されていやな気はしないだろう。

子どもはこれができるからすごいな、とあらためて思う。

大人になると、もうできない。知らない相手に理由もなく自分から声をかけることはできない。

だがせめて。知らない人にあいさつをされたら、誰？　何なの？　とならず、すんなりあいさつを返せる大人ではいたい。

　川に架かる橋を渡り、都立公園の南側をグルッとまわる。そこでは大通りの歩道を歩いて、駅のほうへ戻る。

　自身の職場である商業ビルのわきを通り、ＪＲの高架をくぐって、なお直進。広い区立公園のわきも通って、その先のショッピングモールに行く。

　そこも一応、教師時代に勤めていた小学校の学区外。だが通りを一本隔てただけなので、学校に近いことは近い。

　学区内の人たちが主に買物をするのはそこでだろうから、僕自身はそんなに行かない。ただ、今日は初めから散歩の帰りに寄るつもりでいた。モールに入っているインテリア用品店で踏み台を買おうと思ったのだ。そう。室内で気軽につかえる踏み台を。

　マンションの玄関、三和土の上あたりにある電球が何日か前に切れてしまった。新しいものに換えたいのだが、手が届かないのだ。ワンルームはワンルーム。天井が高い豪華な部屋でも何でもないが、台に乗らなければ無理。そこまではベッドを引きずっていけない。

　そこでその店のホームページを見て、何かいいものがないか探した。おあつらえ向きのものがあった。脚立とまではいかない、踏み台。値段も千円を切る。コンパクトに折りたためるらしい。だから持ち帰ることができる。

　ならば買いに行こう、と思った。

せっかくなので、雑貨店も見てまわり、財布も探すつもりでいる。一円玉がいちいち飛び出してしまうあの財布に代わる財布だ。

一円玉は今も度々飛び出す。五度に一度のペースで、快調に飛び出す。朝、コンビニでたまごサラダロールを買うときにそうなると、かなり恥ずかしい。その店でも、五度に一度はそうなっている。いつもたまごサラダロール一つを買う小銭飛び出し客、として店員さんに覚えられているかもしれない。

踏み台は荷物になるから最後。先に財布だな、と思いながらモールに入る。

財布を扱っていそうな店に当たりをつける。財布店、というものはないだろうから、服を売る店か雑貨店。

そのどこにもお目当ての財布はない。ファスナー付きで、なかの小銭入れが二つに分かれているもの。長財布でならあるが、パンツのポケットにすっぽり収まる四角いタイプはない。

ということでそちらはあきらめ、メインの踏み台に移る。エスカレーターで三階へ上り、インテリア用品店へ。

その手前、通路のわきには保険代理店がある。まさにそんな通路によくあるそれ。教師時代に知っていた吉井舞奈が勤めているような店だ。

と思ってふと見たら。

驚いた。

何と、その吉井舞奈がそこにいたのだ。

通路からすぐのところにあるカウンター。その内側に座り、何やら作業をしている。ノートパソコンの画面を見ているので、僕に気づいてはいない。

足を止めずにそのまま歩き、インテリア用品店に入る。

かなり距離をとってから、それとなく振り向いてみる。

残念ながら、そこからだともうはっきりは見えない。視力が悪いからぼやけてしまうのだ。今初めて見たのなら、そこにいるのが吉井舞奈だと気づけなかっただろう。

それにしても、と思う。店、移ったんだ、と。

ここは舞奈の息子駿希が通う小学校のぎりぎり学区外だが、家はすぐそばだ。一階にタイ料理店が入っているあの雑居ビル。あそこまでは、モール内のここからでも五分とかからないだろう。

そうか、同じ店だから移ったのだな、移れたのだな、とさらに思う。おそらくは希望を出していたのだろう。移れるなら移りたいと。ここまで近ければ便利だ。舞奈が近くにいると思えれば、駿希も安心できる。

インテリア用品店でも一応探してみるが、服飾関係のものは置かれていないので、財布もない。では踏み台。店が広いので在りかがわからず、訊いてみる。店員さんは、親切にも、そこまで案内してくれた。

踏み台は、たたまれた状態で並べられていた。まさにたたまれ、ぺしゃんこになっている。長さは五十センチぐらいあるが、厚さは十センチもない。重さも二キロはないだろう。

これはいいな、と思い、ホワイトとグレーとブラウンのなかからグレーを選ぶ。その三つなら、僕はグレーだ。

支払いをすませて店を出る。

こうやって持ち運べるのは本当にいい。これならこのままあと二、三キロは歩けるな。と思いながら歩く。今は警備員ではなくお客なので、エスカレーターもつかわせてもらう。

一階に下り、ゆるやかなカーブを描く通路を歩いて出入口のほうへ。

そこには大きなベンチがあり、小学生ぐらいの女子が座っている。

一人か、と思う。そこはつい警備員目線で見てしまう。友だちと来てるなら一緒に動くだろうから、親を待ってるのかな。

そして近づいていくと。それがあの子であることがわかる。

僕が勤める商業ビルの地下にあるゲームセンターで置引をしかけたあの子だ。

何となく気になって女子がいる側を歩いたから気づけた。反対側を歩いていたら気づけなかっただろう。やはり視力が悪いこともあって。

あぁ、と今度は思う。あちらの店にもいて、こちらの店にもいるのか、と。

駅のあちら側とこちら側。南側と北側。そう離れてはいないから、いても別におかしくはない。と、大人なら考えてしまう。

だが教師をやっていた僕は知っている。自身が小学生だったころの感覚もまだ記憶している。

小学生の行動範囲はそう広くないのだ。少なくとも、今日のような平日に学区外に出ることはあまりない。出るにしても、一人でそれはしない。といっても、まず、あの子がどの学校に通っているのかを知らないが。

今の僕は警備員ではない。この施設の警備員でもない。だからあの子をここで見かけたからといって、声をかけたりはしない。そんなことをしたら、紛れもない不審者になってしまう。下手をすれば、この施設の警備員にマークされてしまう。

女子は座っているだけ。おかしなことは何もない。だから声をかける理由もない。

と思いながらわきを素通りすると。

女子はいきなり立ち上がる。例によって、子どもの立ち上がり方だ。予備動作なし。そして小走りでエスカレーターのところへ行き、それに乗って地下へと下りていく。

地下。

またしても、あぁ、と思う。ここの地下にもゲームセンターがあるのだ。

そのくらいは知っている。近くにある小学校の教師だったから。児童が行きそうな場所はチェックしているのだ。いや、していたのだ。

僕は振り返って戻り、やはりエスカレーターで地下へと下りていく。

別におかしくない。商業施設で、あ、そうだ、と用事を思いだして進路を変える人は少なくない。僕だって、そう。地下のゲームセンターでゲームをやってもおかしくない。やるなら踏み台を買う前にやるでしょ、と思うが、それでも、おかしくはない。買ってから、やろうと思いつくこともあるだろう。大人でもゲームはやる。長野の宮脇くんなら、今もやっているだろう。

エスカレーターを降りた女子は、足を止めずにゲームセンターに入っていく。

僕も続く。

やはり出入口からすぐのところにクレーンゲームのコーナーがある。ここは僕のところよりも種類が多い。一プレイで百円、六プレイで五百円、と書いてある。お得だ。だったら多くの大人たちが六プレイを選ぶ。

景品には高そうなお菓子もある。立派な箱がそのままゲーム機のなかに置かれている。バウムクーヘンにスイートポテトのタルト。明らかに大人の女性客狙いだ。

女子はクレーンゲームのコーナーを歩きまわる。やるゲームを選んでいるようにも見えるし、お父さんお母さんを探しているようにも見える。

デジャヴに見舞われた感覚を味わいつつ、追う。

小学四年生ぐらいの女子のあとをつける三十二歳の僕。俯瞰《ふかん》すれば、完全に不審者。もはや要通報レベルだ。駐車場に駐《と》めた車に乗せて女子を連れ去ろうとしている、と思われてもおかしくない。

実際の僕は車など持っておらず、ペーパードライバーであるがゆえのゴールド免許保持者なのだが、そんなことは誰も知らない。ここの警備員も知らない。

女子が立ち止まる。

まずいな、と思う。前方では、七十代前半ぐらいの女性が、足もとにバッグを置いて、ゲームに興じているのだ。一人で。

ストラップが付いたショルダーバッグだから肩に掛けておけばよさそうなものだが、そうしてはいない。ゲームをやるなら邪魔になる、ということかもしれない。

女子が女性のほうを見る。様子を窺《うかが》っている、ように見える。僕がそう見ようとしているわけではないはずだ。

もういいだろう。ここより先に行かせる必要はない。まちがいない。これで充分だろう。

僕が女子に声をかけ、万が一不審者扱いされて警備員を呼ばれたら。そのときはきちんと説明しよう。自分の職業を明かし、これまでの経緯も説明しよう。いや、それでもあなたが声をかけるべきではないでしょう、と言われるかもしれない。それでもいい。誹《そし》りは受ける。

女性が新たにゲームを始める。六プレイのうちの何度めかなのだろう。横顔で、集中していることがわかる。だが楽しんでいることもわかる。

女子が歩きだす。やはりいきなり。ススッと。

僕も反射的に歩きだす。というよりも、駆けだす。一気に距離を詰め、背後から女子に声をかける。

「こんにちは。久しぶり」

女子は振り向き、立ち止まる。僕の顔を見る。驚いた感じはない。

もちろん、僕が誰かはわからないだろう。あのときの僕は制服を着ていて、制帽もかぶっていた。しかも数ヵ月前。覚えてはいないはずだ。

女子が何も言わないので、僕が説明する。

「駅の向こうのゲームセンターで、前に会ったよね。僕は、ほら、警備の人」言い直す。「警備員のおじさん。今は制服を着てないから、わからないかな。君が拾ってくれたかばんを、一緒におばあちゃんに返したでしょ？　あのときのおじさん」

　そう聞いても、女子は無表情。ただ、理解はしたようだ。

「覚えてる？」

「覚えてる」とそこは答えてくれる。

　よかった。いきなり大声を上げられる。いきなり防犯ブザーを鳴らされる。そんな可能性だって、なくはなかったのだ。

　話し声が聞こえてきて気が散ったのか、ゲームをしていた女性が手を止めてこちらを見る。

　この人が大声を出す可能性もあるな、と思い、少しあせる。不審者が子どもに声をかけている。そうとられる可能性は大いにある。

　だからなるべくソフトに言う。

「よかった。初めは勘ちがいかと思ったんだよ。でもやっぱり君だった。ちょっと出ようか」

　女性は何も言わず、ゲームに戻る。

　女子は僕についてきてくれる。

　角を曲がって出入口に向かう際、ゲームセンターの女性店員さんと目が合う。会釈をすると、あちらも返してくれる。連れ去りには見えなかったようだ。

　僕が手ぶらでなく、買ったばかりの踏み台を持っていたのがよかったのかもしれない。厚みはないが、長さは五十センチ。結構な荷物だ。片手はそれでふさがっている。そんな状態で子どもを連れ去りはしないだろう。そう考えてくれたのかもしれない。

あるいは。単に親子と見てくれたのか。女子が十歳ぐらいだとすれば、実際に親子であってもおかしくない。ちょっと若めの父親。不自然でも何でもない。

ゲームセンターを出て、エスカレーターで一階に上る。外にも出たところで、ようやくほっとする。そして女子に言う。

「あ、ゲームは、やらなくてもよかった？」

「いい。お金、ない」

その言い方で、女子が事情をすべて理解していることがわかった。つまり、今回もまた置引を阻止されたのだと自覚していることがわかった。

時刻は午後六時すぎ。まだ暑い。だが空は暗い。夜が始まっている。

女子。今日も少しだけ臭いがする。といっても、本当に少しだ。僕が意識しているから気づけるだけかもしれない。

「おうちはこの辺？」と僕が尋ね、

「この辺じゃない」と女子が答える。

「駅の、どっち？」

「向こう」

「じゃあ、前に会ったほうだ。ここには一人で来たの？」

「そう」

「学校が終わってから？」

そこはうなずくだけ。

「お母さんは？」

「仕事」

「呼べば、迎えに来てくれる？」

「来ない」

「仕事をしてるなら、来れないか。じゃあさ、おうちまで送っていくよ」

それを聞いて、女子は黙る。しばらくしてから言う。

「一人で帰れる」

「そうだろうけど。もう暗いからさ。だいじょうぶだよ。僕はあやしい人じゃない。そう言うと余計あやしいけど、でもほんとにあやしくないからだいじょうぶ。もしあれならさ、近くまで来たらそう言ってくれていいよ。おうちまでは行かないから。おうちがどこなのか僕にはわからないところでさよならしてくれてもいい」

女子はまた黙る。

とりあえず、ゆっくりと歩きだす。

女子はついてきてくれる。

大通りを駅のほうへ進む。並んでというわけにはいかない。微妙な距離はある。僕が少し前を行き、女子が続く。

学校に行ったのなら給食は食べてるはずだよな、と思いつつ、訊いてみる。

「お腹、空いてない？」

女子は答えない。

そこで訊き方を変える。

「晩ご飯は、まだ食べてないよね？」

「食べてない」

「おうちに帰れば、ご飯はある？」

女子は首を横に振る。

だろうな、と思う。小学生の女子が置引。相当なことだ。それをする理由はおそらく、遊ぶお金がほしいとかコスメがほしいとか、そういうことではない。

「でもご飯の時間までにはお母さんが帰ってくる？」

「来ない」

「帰ってくるのは、何時ごろ？」

「夜遅く」

「遅くって？」

「わたしが寝てから」

「じゃあ、晩ご飯はいつもどうしてるの？」

「お金があれば、買って食べる。パンとか、おにぎりとか」

お金があれば。置いていってくれてれば、ということだろう。ないときもあるのだ。わかる。僕も経験者だから。いや、僕の場合、幸い、ないときはなかったが。

「それじゃあ、お腹空いちゃうね」

「でも給食があるから」

給食は、ない日もある。土日。二日続く。給食で一日分の栄養がとれるわけでもない。

人間は三食とるようにできている。かどうかは知らない。ただ、人間としての僕の意見を言えば、少なくとも二食はとりたい。一食では我慢できない。寝る前の一食がコンビニのたまごサラダロールだけだとしても、とりたいことはとりたい。

「じゃあ、ご飯食べよう」

女子が驚いて僕を見る。そこでは驚きが顔に出る。

「僕もご飯食べるからさ、一緒に食べよう。いいよね？」

女子はやはり何も言わない。

いやだと言わないからいい。そう決める。

で、どうするべきか。

区立公園の角で横断歩道を渡る。そこで、ＪＲの高架の下にファストフードのハンバーガー店があるのを思いだす。

「ハンバーガー、好き？」

「好き」

「よし。じゃ、それにしよう」

高架の向こうにある商業ビル。僕が勤めているそこにもファストフード店はある。だがこちらにする。

さすがに職場に行く気にはならない。そこで女子と一緒にいるところを同僚に見られたら。よりにもよって中浦副隊長に見られたら。何を言われるかわからない。おもしろおかしく話をつくり上げられてしまうかもしれない。それを広められてしまうかもしれない。

なかで食べるつもりで、店に入る。

が、店員さんに訊かれ、持ち帰りを選択する。

二パーセントの消費税をケチったわけではない。ふと思ったのだ。店で一緒に食べるのはよくないかもな、と。それでは僕が本当に女子を連れまわしているみたいだ。僕自身が楽しんでいるみたいだ。

ハンバーガーとポテトとドリンクのセット。バーガーは、女子がてりやきバーガーで、僕がチーズバーガー。ドリンクは、女子がメロンソーダで、僕がアイスコーヒー。

そして。

せっかく持ち帰りにしておきながら。ＪＲの高架をくぐって少し歩いた先、首都高速高架の手前にある細長い公園で、ベンチに座って一緒に食べることにした。やはり少し話を聞きたかったのだ。

ベンチに並んで座り、ハンバーガーやポテトを食べる。

かえってあやしい感じになってしまった、と苦笑する。むしろ連れまわし感が強まった。親子なら普通、店内で食べるだろう。そうできないからこうしたように見えなくもない。

もしここにパトロールの警官が来たら。職務質問されるかもしれない。されたら何と答えよう。

あ、ちょっと気になったので連れてきました。

それはまずい。

話をしたかったので連れてきました。

それもまずい。

何にせよ、長居するのはよくない。本当に大事なことを話すだけにとどめたい。こうまでしたのだから、それは言わなければならない。そこをうやむやにしてはいけない。

「ああいうのは、あんまりよくないね」

やんわり言ったつもりだが、どうしてもうやむや感が出てしまうので、さらに言う。

「ゲームをやらないならゲームセンターには行かないほうがいい。人のものを盗るのはダメ」

盗ってない、と言われたら言い返せない。実際、今回も前回も、盗ってはいない。前回は盗ろうとしたと判断していいが、今回はバッグに手を触れるまでもいっていない。本当に何もしていないのだ。

だが女子は否定しない。わたしやってない、とは言わない。

「僕は警備員だけど、あそこの警備員ではないし、今日はたまたま居合わせただけ。もちろん、いつも君を見張ってるわけでもないよ。そんなことは、できるんだとしてもしたくない。とにかくさ、もうしないでほしい。しなきゃいけない理由があるなら言って。僕は君の親戚でも何でもないけど、一応は大人で、君が困ってるなら少しは力になれると思うから」

女子は何も言わない。てりやきバーガーをゆっくり食べ、ポテトも一本ずつ食べ、ストローでスロスロッとメロンソーダを飲む。

「困ってない？」

女子はうなずく。こくりと。一度。

困ってない、というはっきりした言葉を聞きたいが、しかたない。それで満足するしかない。まあ、そのこくりを見られただけでよかった。踏み台やハンバーガーを持ってここまで来た甲斐があった。

「もしいやじゃなかったら、名前を教えてもらってもいい？」そう言ったからには、自分が言う。

「僕は石村圭斗っていいます。こないだのあそこで警備員をしてるよ。今日はお休み。だからさっきの店で買物」

ベンチのわきに立ててある踏み台を見て、女子が言う。

「それ、何？」

初めての自発的な質問。密《ひそ》かに喜びつつ、答える。

「これはね、踏み台。天井に付いてる電球が切れちゃってね。それを換えるときにつかうの。暗いままにはしておけないでしょ？　でも高くて手が届かないから、これに乗って、換える。今はこうやってたたんであるけどね、広げると、ちゃんと台になるみたい」

ふぅん、という感じにうなずいて、女子はいきなり言う。

「トミタルリカ」

「ん？」

「名前」

「あぁ。ルリカ、ちゃん。えーと、トミタのトミは、上にちょんて小さい点が付く富？　それとも、付かない冨？」

「付く富」

「そうか。じゃあ、ルリカちゃんは、どういう字？」

「留守番の留にサトっていう字に香水の香」

「へぇ。それで留里香ちゃん。いい名前だね」

「普通」

「いや、いい名前だよ」と笑う。

　ありがとう、などと言わずに、普通、と言うところが小学生だ。言われたことに対して素直に自身の考えを述べる。

「お母さんがマリカだから、留里香」

「そうなんだ。マリカさんは、どんな字？」

「マは、アサっていう字。林っていう漢字が入ってる字。里と香は同じ」

「麻里香さんか。お母さんもいい名前だね」

　そこは、普通、でなく、こう来る。

「うん」

「じゃあ、お母さんと同じような名前を、留里香ちゃんに付けたんだ」

「そう。お母さんが自分で付けた」

お父さんは？　と訊きたいが、それはやめておく。踏みこみすぎであるような気がするから。

「お母さんとハンバーガーを食べに行ったりする？」

「そんなには、しない」

「最近は行ってない？」

「行ってない。お母さんが仕事やめてからは、一度も」

「お母さん、お仕事やめちゃったの？」

「そう。コロナだから」

「コロナだから」

「お母さんがそう言ってた」

勤め先の事情でとか、そういうことかもしれない。そんな話はよく聞く。

「お母さん、今は？」

「何か、別の仕事してる。夜働いてる」

「あぁ、そうなんだね」

「でも前は行ったよ。ハンバーガー」

「前っていうのは、いつごろ？」

「三年生のとき」

「あ、そうだ。留里香ちゃんは今、何年生なの？」

「四年生」

「じゃあ、行ったのは去年だ」

「そう」

まあ、外食をほとんどしない家もあるだろう。だが今が九月で、去年。富田麻里香が退職を余儀なくされたとしても。そんなにしないものだろうか。

ついでに訊いてしまう。

「留里香ちゃん、ご飯はいつも一人で食べるの？」

「そう」

「お母さんは？」

「外で食べてくる」

「一緒には食べないんだ？」

「お母さんが家にいれば、食べる」

「そんなときは、ご飯をつくってくれるの？」

「つくらない。買ってきて食べる。お母さんも、てりやきバーガーが好き。去年行ったときも食べた」

「そうか。また食べに行けるといいね」

「無理」

「え、どうして？」

「ジョージさんがいるから」

「ジョージさん。というのは」

「男の人」

「男の人。日本人、だよね？」

「日本人」

　ジョウジさん、なのだろう。

「親戚の人、とか？」

「親戚の人ではない」

「お母さんの、えーと、お友だち？」

「かどうかわからない。でも仲がいい」

　仲がいいというのは、そういうことだろう。付き合っている、ということだろう。

　僕が今の留里香ちゃんの歳だったころの母と同じだ。たぶん。

「留里香ちゃんはそのジョウジさんを知ってるの？」

「知ってる。家に来るから」

「そう。お話とかもする？」

「少し」

　これ以上は訊けないな、と思いつつ、訊いてしまう。まだ終わりにはできなくて、どうでもいいことを。

「そのジョウジさんは、どういう字？」

「知らない」

「知らないんだ？」

「知らない」

母親の富田麻里香が教えないのか。それとも、留里香が訊かないのか。

経緯はわからないが、ともかく。現状、富田留里香に父親はいないということだろう。

子ども相手に誘導尋問をしてしまったようなバツの悪さを覚える。今のこの場面を富田麻里香が見たらさぞ不快に思うだろう。いや、僕が娘の留里香と二人でいる時点ですでに思うだろう。

だから、まあ、ここまで。

もちろん、留里香に口止めなどしない。口止めをしたのに話されてしまったら、印象はさらに悪くなる。一応はこちらの名前を伝えたのだからそれでいい。

留里香がハンバーガーとポテトを食べ終えたのを見て、言う。

「お腹いっぱいになった？」

「なった」

「よかった。ごみはもらうね」と言って、包み紙や空容器を引きとり、自分のとひとまとめにする。

「じゃあ、行こうか」

ベンチから立ち上がり、二人で公園を出る。

午後七時。完全に夜。空は真っ暗。といっても東京の町だから、下は明るいが。

留里香のナビで首都高速の高架をくぐる。そして大通りと並行する一方通行路に入り、そこを直進。

三分ほど歩いたところで、留里香が立ち止まり、言う。

「ここ」

車は入れない細い路地。その奥にアパートがある。前の家に隠れているため、建物の全体は見えない。路地を入った先が入口になっているようだ。

自宅を明かしてくれた。僕を信用してくれたらしい。留里香にしてみれば、大人の指示に従っただけかもしれないが。

「じゃあ、今あった小学校に通ってるの？」

「そう」

まさに通ってきた一方通行路沿いに小学校があったのだ。

「近くていいね」

「うん。いい」

駅からなら十分程度だが、ここはもう隣の区だ。先の首都高速を境に区が変わる。

「そこの、一階？　二階？」

「一階」

「そうか。もうずっと住んでるの？」

「小学校に入ってからは、ずっと」

「ここだと、中学校も近いのかな」

「近い。通りを渡ってすぐ」

「だったら便利だね」

「うん。便利」

「じゃあ、えーと、僕はこれで」

　あんなことはもうしないでね、と念押ししたいが、しない。したところで何も変わらないのだ。もうしない、と留里香自身が言ったとしても、どうなるかはわからない。それを聞いた僕が今この場で満足するだけ。だったら、念押ししなくていい。

　右手を軽く挙げ、来た道を戻りかける。

　留里香がこちらに一歩踏み出して、言う。

「あの」

「ん？」

「ありがと」

「あぁ。うん。ゆっくり休んでね。って、まだ早いけど。それじゃあ」

　実際に、来た道を戻る。

　歩きながら、右側にある細い道を見て思う。あ、そうか。この先は都立公園なのだな。

　さっき周りを歩いた公園。教師時代に遠足で行ったあの公園だ。留里香が住むアパートのすぐ向こうがそれ、ということだろう。

　遠足に行ったときのことを思いだす。

　遊具のある広場でクラスの子たちを遊ばせた際に、吉井駿希と話をした。そこで母親の舞奈に、友だち、から電話がかかってきたことを聞いたのだ。僕の退職の始まりはそこだった。結果、僕は今こうしてこの道を歩いている。

　小学校を横目に進み、大通りに出る。

　今度は富田留里香のことを考える。

　留里香のアパートからあのショッピングモールまでは、歩いて二十分弱。だがそれは大人の男の足で。小学生女子なら二十分以上かかるだろう。

　小学四年生のとき、僕は二十分歩いてどこかへ行ったりしなかった。東京は、どこへ行っても町。そこでの徒歩二十分は長い。町はもう別の町になってしまう。

　もしかして、とそこで僕は思い当たる。初めに僕が警備員としてゲームセンターであんなふうに声をかけてしまったから、留里香はわざわざ駅の向こうへ足をのばすことにしたのではないか。

　声をかけはしたものの、置引をとがめたわけではなかった。傷つけないようにしたつもりだが、結果的には中途半端なことになった。よその場所でならまたやれる。そう思わせてしまったかもしれない。

　もしそうなら、僕のせいでもある。なのに今回ものんきにハンバーガーをおごったりしていてよかったのか。

知り合いでも何でもない小学生にハンバーガーをおごったこと自体、とがめられるべきことなのだ。事情を知らない人ならそう言うだろう。いや、知っている人も、そう言うかもしれない。

ただ、それでも僕は思ってしまう。

富田留里香が置引をすることにならなくてよかった。それがたとえ今日だけのことであるにしても。

# 秋から冬　二十九歳

僕の誕生日は九月二十日。

保育園児だったころ、圭斗の誕生日が過ぎるともう秋だね、と母に言われた。

僕はそのことを何故かずっと覚えていて、以後ずっと本当にそのとおりだと思っていた。

長野に移っても、そこはそんなに変わらなかった。冬は東京より寒かったが、夏は夏で暑かった。

僕の誕生日のころでもう寒い、ということはまったくなかった。

そして今は東京。九月はまだ暑い。だが、まあ、やはり二十日ごろまでだろう、と思っている。

そんな九月上旬。夏休みが明けて授業が始まるとすぐに、保護者会が開かれた。

個人面談とはちがう。教師と保護者の一対一ではない。

ウチの学校の場合は、保護者がクラス単位で集まる。そこで担任教師が学校生活や授業内容についての説明や報告をおこなうのだ。当然、保護者から要望も出る。

全学年が同日に、ではなく、低学年、中学年、高学年、と分けて実施する。

できれば保護者全員に参加してほしいが、もちろん、強制ではない。共働き世帯が多いから、日にちをいつに設定したところで、参加できない人は出てくる。

僕のクラス一年三組で言えば。吉井舞奈は不参加だった。七月に話したときは参加したいと言っていたから、仕事の調整がつかなかったのだろう。

まあ、それはいい。僕のクラスの保護者会は特に問題もなく終わったから。

ただ。五年生のクラスで問題が起きた。五年二組。杉原隆一郎《すぎはらりゅういちろう》先生のクラスだ。

杉原先生は、僕より二歳下。二十七歳。歳が近いので、二十六歳の高藤桃乃先生も含め、三人でよく話す。だからあれこれ知っている。

出身は横浜《よこはま》市の鶴見《つるみ》区。そこに実家がある。両親ともに小学校教師。校長だった父親は去年定年退職したが、母親はまだ教頭として勤めている。

息子の杉原先生も小学校教師になる。それは幼いころからの既定路線だったそうだ。

なれと言われたわけではないんですよ。でも何となく、なる感じでした。ぼく自身がいつの間にかそのつもりになってました。うまく刷りこまれたというか。子どものころに隆一郎が自分で言いだしたと母は言うんですけど、よく覚えてないんですよ。まあ、言ったんだとは思います。言えば両親が喜ぶのはわかってましたから。それでそのまま行っちゃったんでしょうね。

と、杉原先生自身がそんなことを言っていた。

その話からもわかるとおり、杉原先生は優しい。

個人的に知っている僕はそう見るが。知らない人はこう見るかもしれない。気弱だと。

実際、人の話を聞きすぎる感じはする。

児童の話。保護者の話。ほかの教師たちの話。なかには相容《あいい》れないものもある。真逆のものさえある。すべてを聞き入れるのは無理だ。ある程度聞き流すことも必要。

だがそれができないのが杉原先生だ。すべてを聞いてしまう。その人のためにどうにかしようと考えてしまう。そんな杉原先生を、僕はやはり優しいと見る。

その五年二組の保護者会で、杉原先生が保護者の一人からクレームを付けられた。まさにその現場で。教室でだ。

内容はこう。

五年二組には水木《みずき》蓮真《れんま》という児童がいる。この蓮真は勉強が苦手。成績がよくない。そして本人は、このままではいけない、勉強ができるようになりたい、と思っている。つまり、学習意欲はある。

だがほかの子たちのように塾に通ったりすることはできない。シングル家庭で、そこまでの経済的余裕はないのだ。だからわからないことは学校で先生に訊くしかない。実際に、そうした。毎日放課後に担任の杉原先生に訊いた。

初めは立ち話ですむ程度のものだった。が、そこは意欲のある児童。わからなかったことがわかれば楽しくはなっていく。質問の数も増えていく。

優しい杉原先生はそれらすべてに答える。じゃあ、水木さん、ちょっと座ろうか、となる。毎日職員室に来させるのも何なので、だったら蓮真自身の机もある教室で、ということにもなる。

で、何人かの児童がそれを知る。そうなると、誰かがこう言いだす。杉原先生、ひいきだよ。

それは保護者にも伝わる。

想像できる。そこではひいきという言葉が前面に出る。ひいき、は小学生がよくつかう言葉なのだ。特に教師に対して。

結果、こうなった。杉原先生は保護者会の場で、クラスの古池《ふるいけ》みゆうという児童の母親から糾弾された。

先生は特定の児童をひいきなさってるんじゃないですか？

その古池さんは本当にそう言ったらしい。ひいき、のあとに、なさってる、が来る。何とも言えない敬語だ。

ほかの保護者たちも何人かはその話を知っていた。同調する人も多かったという。知らなかったがそこで初めて聞いて同調した人もいたようだ。

ちなみに、水木蓮真の母親は保護者会に参加していなかった。幸か不幸か、吉井舞奈同様、仕事で参加できなかったのだ。

杉原先生はその場で丁寧に説明した。ひいきをしたつもりはありませんが、放課後に教えていたのは事実です、と言った。

訊かれたことに答えた。それを、教えていた、と言い換えただけなのだが。そこにも食いつかれた。教師が特定の児童に教えちゃダメでしょう、と古池さんが言い、やはり何人かが同調した。

聞けば。この古池さんは、何と、小学校の教師。子どもやお子さんと言わず、児童と言う。そのあたりが何ともそれらしい。ひいき、は娘のみゆうが口にした言葉をあえてそのまま使ったのだろう。

小学校の教師なら、自分のクラスを持っているはず。音楽や体育や理科などの専科教員なら持っていない可能性もあるが、だとしても授業はしなければならない。だからおそらく、有休をとって来たのだ。午前は出て午後から、というように時間単位でつかったのかもしれない。

もちろん、それはいい。教師にだって子どもはいる。その子の小学校の保護者会に参加する権利もある。できるならするべきだ。

とはいえ。同業者ならそこは遠慮というか、配慮しそうなもの。

だが、その逆。

だからこそ、になってしまったのかもしれない。同業者だからこそ一言言ってやろう、となってしまったのだ。

まあ、それもいい。

ただ、その場で言うことはない。保護者会の場でやり込めるようなことをするべきではない。ほかにやり方はあるはずだ。保護者として個人的に杉原先生に言うとか。せめて、学校に言うとか。

話は思いのほか大きくなった。

納得できる答が杉原先生から得られなかったので、古池さんは校長室を訪ね、直《じか》に成岡央介《なるおかおうすけ》校長に言ったのだ。

納得できる答。簡単と言えば簡単だ。特定の児童にはもう教えません、と杉原先生が言えばそれでよかった。

だが杉原先生は言わなかった。そうとられないよう努力します、と言っただけ。教えないとは言わなかったそうだ。だから古池さんは五年二組の教室を出て校長室へ向かった。

その日のうちに緊急の職員会議が開かれた。事態を重く見た成岡校長が教師全員を職員室に集めたのだ。といっても、実際に校内放送で招集をかけたのは岩根《いわね》正臣《まさおみ》教頭だが。

僕らほかの教師たちの前で、成岡校長は杉原先生に、特定の児童に教えたりしないよう言った。

これももしかしたら校長室で一対一で言うべきことかもしれないが。成岡校長は教師全員にいちどきに伝えるためにそうしたのだと思う。決して悪いことではない。皆が杉原先生の意見も聞けるから。

そこで杉原先生は言った。

「水木さんはやる気のある児童なんですよ。だから、どうにかしてあげたいと思って」

杉原先生は律儀だ。こんなときでも児童のことをさん付けで呼ぶ。自分のクラスでもそれで通している。

対して成岡校長は言った。

「それは授業のなかでやってください。児童一人一人に等しく接してください。水木さんが何らかの理由で授業を受けられなかったのならわかります。ですが水木さんは授業を受けられてますよね？」

「はい。ただ、多少、理解が追いつかないようで」

「そこは追いつけるよう杉原先生が工夫してください。放課後に教えるというのは工夫ではありません」

「それをすると理解してくれるんですよ。一度の説明ではなかなか難しいんだと思います。嚙み砕いて二度三度と説明すれば、理解はしてくれます」
「その噛み砕いて説明するのを、授業のなかでやってください」
「でもそうなると、授業は遅れますし」
「遅れないよう工夫してください。とにかく、特別扱いはやめてください。ほかの先生がたも、お願いします。教師が自分をどう扱うか。児童はとても敏感です。ほかの子にしてることを自分にはしてくれない。それをひいきと感じます。たとえ自分は必要としていないことであってもです。教師がそれをしてしまうと、結局こうなります。今後はこうならないよう、くれぐれもよろしくお願いします」

　これまで三人しか経験していないが、校長にも様々なタイプがいる。成岡校長は、教師の意向を聞かないタイプだ。

　去年の四月に着任したとき、自らこう明言した。わたしは担当学年の希望などは一切聞きません。クラス編成の際に何年生を持ちたいかといった教師側の希望は聞かない、ということだ。

その理由もやはり明言した。皆さん全員の希望を叶《かな》えることはできないからです。

　実際、そのとおり。徹底している。成岡校長は岩根教頭の進言も聞かない。聞き入れない、ではなく、聞かない、に近い。

　そう言うと独善的に聞こえてしまうかもしれないが、それはそれでいいことだと僕は思っている。あの人の言うことは聞いてこの人の言うことは聞かない。そうなるよりはずっといい。わかりやすい。

ただ。今回のこれはちょっとちがうような気もする。

そして翌日の昼休み。成岡校長は杉原先生に念押しした。

このときも校長室でではなく、職員室で。杉原先生を呼んだのではなく、自分から出てきた。

だからほかの教師たちが全員いたわけではない。いない人たちもいた。どこかの教室で授業の準備をしていたとか、校庭で子どもたちと遊んでいたとかで。

僕はたまたまいた。二年生の担任である高藤桃乃先生と話をしていた。授業の話などではない。まあ、雑談だ。

成岡校長が職員室に入ってきたので、話をするのはやめた。昼休みだから別にいいのだが、自然とそうなった。そんなふうに、成岡校長はこちらに緊張感をもたらすタイプでもあるのだ。

これは本当に人による。僕が最初の学校で当たった校長は、真逆。まったく緊張感をもたらさない人だった。いやぁ、一人で校長室にいるとさびしくてね、などと冗談を言い、よく職員室に来た。いい校長、と僕はとらえたが、頼りない校長、ととらえる教師もいた。

まあ、それはともかく。

成岡校長は、杉原先生の席までは行かず、少し離れたところから言った。

「杉原先生。今日はもう放課後に水木さんに教えるのはやめてくださいね」

「あぁ。はい」と返事をしたあと、杉原先生はこう続けた。「でも、教えてほしいと言われたらどうすればいいですか?」

「理由を説明して、断ってください」

「理由。どう言えば」

「不公平になるから水木さんを特別扱いするわけにはいかない。そう言ってもらって結構ですよ。ほかの児童の保護者から不満が出てることまでは言わなくていいですが、それは言ってもらってかまいません」

だったら、と僕は思う。不満が出ているとはっきり言ったほうがいいのではないだろうか。そこを濁したりはせずに。五年生なら、きちんと説明すれば理解できるだろう。

「ぼくが教えないと言ったら、水木さんは傷つかないでしょうか」

「そこは傷つかないように言ってください。理解できるように話してください。それこそ昨日杉原先生がおっしゃったように、噛み砕いて何度も話せば、水木さんだって理解できますよね?」

「でもそれは、勉強とはまたちがいますし。児童が理解するには難しすぎることであるような」

「でしたら、校長であるわたしに言われたと言っていただいてもかまいませんよ」

「それもちょっと。そもそも、児童は教師になら何でも教えてもらえると思ってるでしょうし。それを教師自らが教えないと言うのは、どうも」

「これは杉原先生のためでもあるんですよ。特定の児童をひいきする教師というレッテルを貼られたら、保護者どころか児童は誰もついてきません。そんな理由で学級崩壊を起こしたクラスをわたしはいくつも見てきています。そういうことは起こります。案外簡単に起こりますよ」

話が飛んだ。それはまた別の話だ。

成岡校長はたまにこれもやる。話を巧みにすり替えて、正論を持ちだす。そうされると、反論は

**ご購読ありがとうございます。下記の項目についてお答えください。**
**ご記入いただきましたアンケートの内容は、よりよい本づくりの参考とさせていただきます。その他の目的では使用いたしません。また第三者には開示いたしませんので、ご協力をお願いいたします。**

書名（　　　　　　　　　　　　　　　　　　　　　　　　）

●本書をお読みになってのご意見・ご感想をお書き下さい。

※お書き頂いたご意見・ご感想を本書の帯、広告等（文庫化の時を含む）に掲載してもよろしいですか？
1. はい　2. いいえ　3. 事前に連絡してほしい　4. 名前を掲載しなければよい

●ご購入の動機は？
1. 著者の作品が好きなので　2. タイトルにひかれて　3. 装丁にひかれて
4. 帯にひかれて　5. 書評・紹介記事を読んで　6. 作品のテーマに興味があったので
7.「小説推理」の連載を読んでいたので　8. 新聞・雑誌広告（　　　　　　）

●本書の定価についてどう思いますか？
1. 高い　2. 安い　3. 妥当

●好きな作家を挙げてください。
（　　　　　　　　　　　　　　　　　　　　　　　　）

●最近読んで特に面白かった本のタイトルをお書き下さい。
（　　　　　　　　　　　　　　　　　　　　　　　　）

●定期購読新聞および定期購読雑誌をお教えください。
（　　　　　　　　　　　　　　　　　　　　　　　　）

できなくなる。といっても、ただそれだけ。そうやって押しきられるだけ。何も解決はしない。

「あの」と僕はつい言ってしまう。声を出したというよりは、声が出てしまった感じだ。

「はい？」と成岡校長が僕を見る。

成岡校長が立っているので、僕も立つ。こう尋ねる。

「意欲のある児童に教えるのは、よくないことですか？」

成岡校長はさすが。即答する。

「よくないことではありませんよ。いいことです。ただ、時と場所は選ばなければいけません。児童が授業を理解できないからといって、自宅に出向いて教えることができますか？　それはいいことですか？」

「いえ」

「どこかで線は引かなきゃいけませんよ」

「それはわかります。でも。学校では、いいんじゃないですか？」

「学校でもダメですよ。放課後はダメです。放課後とはそういう意味です。授業が終わったあと、という意味です」

「でしたら。せめて昼休みだけならいいんじゃないですか？　今のこういう時間です。給食を食べたあとの」

成岡校長は応えない。何も言わずに、じっとこちらを見る。

僕は校庭のほうを手で示し、続ける。

「外で子どもたちと遊ぶのはいいんだから、職員室でわからないところを教えるのもいいですよね。その二つは同じですよね。クラスの子全員に昼休みはオーケーだと周知すれば、問題はないんじゃないですか？」

成岡校長はゆっくりと腕を組んで考える。そして言う。

「昼休みに収まらなければ放課後に、となりませんか？」

「放課後はなし。初めからそう決めておけばだいじょうぶかと。それなら水木くんも、いえ、水木さんも、納得できると思います。水木さんが昼休みに遊ぶ時間を削ってそうしてるなら、ほかの子たちもとやかく言うことはないでしょうし」

成岡校長はそこで意外なことを言う。

「昼休みは、先生がたが休む時間でもありますよ」

「あぁ、それはそうですね。でも、例えば校庭で子どもたちと一緒に遊ぶのは、自分の休み時間としてそうしてるわけで。ここで子どもたちの質問に答えるのもそれと同じとは、考えられませんか？　気軽な雑談の延長みたいなもの、というふうに」

何人か居合わせた教師たちも、今のこの話を聞いている。誰も口を出しはしない。わかる。僕自身、成岡校長と杉原先生の話に口を出すとは思っていなかったのだ。

成岡校長は自分の足もとを見る。そして組んでいた腕を解いて、言う。

「まあ、そういうことでしたら。悪い影響が出ない範囲で、お願いしますよ。ただし、放課後はなし。いいですね？　杉原先生。そこは約束してください」

「はい。放課後は、しません」

「今日もですよ」

「はい。帰りの会で子どもたちに話します。そういうことにしたからと」

「何か、すいません」と僕は成岡校長に言う。「口を挟んでしまって」

「いえ」

それだけ言って、成岡校長は職員室を出ていく。

いつの間にかそこにいた岩根教頭がそのあとを追う。

それでやっと緊張が解けた。僕だけではない。ほかの先生も同じだったろう。

その日は金曜。翌日は、土曜授業の日ではないので、僕ら教師も休み。だから少しがんばって、翌週の授業の準備をしていくことにした。

具体的には、国語の小テストを作成する。夏休みの宿題として課したひらがな練習。その成果を見るためのテストだ。

休日は休日としてゆっくり過ごしたい。できる限り自宅で仕事はしたくない。ということでの居残り作業。

同じように考えたのか、高藤先生も残っていた。

午後九時を過ぎてからは二人になったので、息抜きにあれこれ話をした。

「石村先生、ナイスでしたね」と高藤先生が言い、

「え？」と僕が言う。

「昼休みのあれ。よく言いましたね」

「あぁ。何か、言っちゃったね」

「まさか校長先生が引くとは思いませんでしたよ。とにかくやめてください、で押しきって終わりかと思ってました」

「先生教えてって言ってる子に教えないとは、言えないよね」

「確かに」

「まあ、校長先生は別の意味でも引いてたと思うけど」

「別の意味？」

「うん。うわ、外野が余計なこと言いだしたよ、と思ったんじゃないかな」

「あぁ、そっちの、引く」と高藤先生が笑う。「教頭先生、あのあとフォローが大変だったでしょうね」

「だとしたら、申し訳なかったな」

「でも校長先生なら、フォローは不要です、とか言いそう。そういうのはいいからご自分の仕事をしてください、とか」

「校長先生のフォローは、教頭先生の仕事だけどね」

「こういうの、ほんと、つらいですよね。意欲のある子に、その意欲を削《そ》ぐようなことを言わなきゃいけないわけだから」

「そんな子に教えるのを不公平と見たくなる気持ちも、わからなくはないけどね。僕も小学生ならそう感じたかもしれないし」

「杉原先生が言ってたみたいに、訊けば先生は何でも教えてくれるはずって、子どもたちは思いますよね」

「うん。それはまちがいなく思ってた。小学生のときの僕も」

「でもあれですかね。五年生だともうみんな進学塾とかに慣れてるから、余計そういう見方になるんですかね」

「どういうこと？」

「学校の先生に授業以外で教えてもらえるなら得、みたいな。塾とちがってこちらの授業料はタダですからね。それなら少しでも多く教えてもらったほうが得、教えてもらえないなら損、となりますよ」

「公平不公平なんて話にもなっちゃうか」

「石村先生は小学生のときに行ってました？　塾」

「行ってなかったよ」

「そうですか。まったく？」

「まったく。私立中の受験なんて、それこそまったく考えてなかったし」

まず、塾に行けるような状況ではなかった。小五小六のころ。それは母と僕が一番大変な時期だったのだ。

「でも中学生のときは行きましたよね？」

「いや、行かなかった」

「行かされませんでした？　親に」

「行かされなかったね」

中学生のときは、もう長野にいた。親ではなく、祖父母と暮らしていた。中三の途中までは母もいたが、闘病中。ほぼ病院にいた。たまに退院してくるだけ。すでに保護者という感じではなかった。

実際、入学式や卒業式などの学校行事に来たのはばあちゃんだ。進路を決める三者面談に来たのもばあちゃん。

ただ、そんなばあちゃんも、中学の保護者会には行かなかったはずだ。わたしなんかが行っても邪魔になっちゃうよ、と言っていた。

それでも一度、塾に行かなくていいかとばあちゃんに訊かれたことがある。行きなさい、ではなく。行かなくていい？　本当にそんな感じだった。ばあちゃん自身もよくわからなかったのだと思う。

行かなくていいよ、と僕は言った。本音が半分、遠慮が半分、だった。

行ったほうがいいのかな、と思わないこともなかった。さすがに中三になると行っている友人も多かったからだ。

そう。ゲーマーの宮脇くんでさえ行っていた。塾がある日は、行く前にゲームセンターに寄っていた。本当は帰りに寄りたかったらしいが、それは無理だった。中学生は午後六時までしか入店できなかったのだ。

だから僕もそこでは宮脇くんに付き合わされなかった。圭斗も塾行こうぜ、と誘われはしたが、結局は行かなかったので。

ばあちゃんも一度訊いただけ。行かなくていいよ、と僕が言ってからはもう何も言わなかった。僕のことはすべてばあちゃんにまかせていたじいちゃんも、圭斗が行かなくていいならいいだろ、という感じだった。

結果的にはそれでよかった。じいちゃんとばあちゃんに余計な負担をかけなくてすんだし、私立高よりは学費が安い公立高に行こうと、自発的に勉強するようにもなったので。

僕が勉強に向き合えたのは、その環境にいたからであったような気もする。ほかの人、それこそ宮脇くんなどを見ていればわかる。中学生ぐらいだと、親や教師にやれと言われるから勉強するだけ。自分のためにやるという気持ちにはなかなかなれないのだ。将来というものがまだ見えないから。

高藤先生が言う。

「わたしは小六と中二中三で行かされましたよ、塾」

「小六のそれは、受験のため？」

「そうじゃないですけど。何か、行かされてました。周りの子の半分近くが行ってたんで、親もあせったんでしょうね。教育熱心だからとかじゃなく、そんな感じです。塾に行かせておけばとりあえず安心ていう。杉原先生のところとはちがいますね」

「ん？」

「杉原先生は、親御さんが先生だけど、塾には行かされてたみたいだし」

「そうなんだ」

「先生だからこそ、学校の勉強だけじゃ足りないと思ってたんですかね」

「どうだろう」そして僕は言う。「高藤先生は、親御さんが先生ではないけど、先生を選んだんだね」

「はい。逆に親が先生だったら選んでなかったかも。先生なら何でもよかったわけではなくて、小学校の先生だからよかったんですよね。それならなりたいなと思いました。そのときは、ここまで大変だとは思ってないから。子どもが好き、の一点でやり通せると思ってましたからね」

「子どもが好き」

「はい。今も好きですけどね。もちろん」

「何で小学校がよかったの？」

「うーん。まあ、感覚的なものですけど。あ、でもこれはあるかな。小学校なら子どもに嫌われなそう」

「嫌われなそう」

「はい。中学高校だと、好きな先生もいたけど、嫌いな先生もいたじゃないですか。でも小学校はそれがなかった気がするんですよ。実際、わたし、小学校のときに見てもらった先生で嫌いな人はいないですし。それは、たぶん、自分がまだ幼かったからなんですけど。でも嫌われないのはいいなって、そう思っちゃいました。動機としては不純、ですよね」

　そう言って高藤先生が笑うので、僕も笑って言う。

「いや、むしろ純粋のような」

「そうか。嫌われたくないっていうのは、突き詰めれば、好かれたいっていうことですもんね。でもこうやって先生になってみると、子どもたちに好かれる自信、まったくないですよ。嫌われない自信さえ、ないです」

「高藤先生はだいじょうぶでしょ。僕のクラスにまで高藤先生が好きって言う子がいるし」

「え、ほんとですか？　学年がちがうのに、何でだろう」

「五月の遠足。僕ら一年生と一緒だったじゃない。そのとき、まさに学年がちがうのに高藤先生に声をかけてもらえてうれしかったみたい」

「あぁ。それはわたしも本当にうれしいです。これからも声をかけまくりますよ。でもあんまりやり過ぎると、今度はうるさがられるかな。自分のクラスの子からも嫌われちゃったりして。弟や妹にとられるようで不安になったお兄ちゃんやお姉ちゃんに嫌われるお母さんみたいに」

「その感じなら心配ないでしょ。その嫌いは、要するに大好きってことだから」

「あぁ」と高藤先生が言う。

　何秒か待ってもあとが続かないので、僕は言う。

「何？」

「いいですね、石村先生」

「何が？」

「考え方も含め、いろいろ。今日だって、感心しちゃいましたよ」

「何に？」

「杉原先生の味方になったことに」

「別に味方になったわけじゃないよ。杉原先生の言うことが正しいと思っただけ」

「正しいですよね、確かに」

「といって、校長先生の言うことがまちがってるわけでもないけどね。だったら、道は探りたいよ。どっちかにするんじゃなくて」

高藤先生は何やら考える。

僕は小テストの作成に戻る。

高藤先生がいきなり言う。

「石村先生って、カノジョいるんですか？」

「いないよ」とすんなり返す。

「最近までいたとか」

「いや。教師になってからはずっといない」

「そうなんですね」

大学時代に一年付き合った人がいただけだ。同じ学部にいた人。今はおそらく長野で小学校教師をやっている。必然的に別れてしまった。僕が東京都の採用選考を受けたから。初めから長つづきしないことがわかっている関係だったのだ。

「わたしは、最近別れちゃいました。最近といっても、結構前。二ヵ月は経つかな。三年付き合ったんですけど。二十三歳から三年付き合っての別れだから、しんどいですよ。でも先が見えない感じもしたんで、思いきって別れちゃいました」

「先」

「はい。結婚までは見えてたんですよ。でもその先が。子どもができたら大変そうだなと思って。結局、わたしが教師をやめなきゃいけないような感じだったんですよね。相手は家事とか何もしてくれなそうだし。家事も育児もしないでゲームとかしてたら、わたしもキレますよ。実際、付き合ってるときからそれで何度かキレましたし。ゲームをやっててデートの時間に遅れたりとか。こっちは急いで仕事を片づけて来てるのに」

その元カレシ、名字は宮脇じゃないよね？　と訊いてみたくなる。

高藤先生と宮脇くん。東京と長野で遠距離恋愛。そんな偶然はない。

ただ、あの宮脇くんなら、遠距離恋愛中のカノジョとの久しぶりのデートの前にもゲームをやりそうな気はする。デート場所にゲームセンターを選びそうな気もする。で、持ち金をすべて注《つ》ぎこんだあと、カノジョに言うのだ。百円貸して。

「教師になる前は、結婚するならちがう職業の人がいいなぁ、と思ってたんですよ。同じだと、相手の仕事のことがわかっちゃって窮屈かなと。ちがうほうがお互い高め合えるような気もしたし。でもこのところ、やっぱり仕事のことでわかり合える人のほうがいいなぁ、と思うようになってきました。お互い高め合うとかいうのは絵空事だなって。自分で言っておいてこう言うのも何ですけど。高め合うって、何なんですかね」

「うーん。何なんだろうね」

「過干渉もつらいけど、無理解もつらいですよ」

「無理解」

「はい。その別れたカレシが見事にそうでした。まあ、教師じゃない人が教師を理解するのは難しいと思いますけどね。何だかんだで特殊な世界だし」

「たいていの人は、教わる側にしか立たないからね」

「教師じゃない人って、変に教師に突っかかってきたりするじゃないですか。そうかと思えば変に教師を高く見たりもするし」

「たぶん、どっちも無意識になんだろうけどね」

「理解してくれたうえで無干渉。それが理想ですよ。無理ですけど」

「理解しない代わりに無干渉、はダメ？」

「うーん。それだと、いずれ気持ちは離れちゃうんじゃないかな」

「なるほど」

「杉原先生に文句を言ってきた古池さん、みゆうさんのお母さんは、どんななんでしょうね」

「どんなとは？」

「どんな先生で、どんな妻なんでしょう」

「あぁ」

「シングルってことはないですよね？」

「え？」

「だからあんなふうに反応が強くなっちゃうのかなって。いえ、もちろん、シングルのかた全員がそうというわけではないですけど」

吉井舞奈のことを思い浮かべる。舞奈はシングルだが、そんなイメージはない。

逆に古池みゆうの母親が今の舞奈の立場になったらどうするのか。例えばいきなり警察に駆けこんだりするのか。いきなり新山八尋を告訴したりもするのか。

「石村先生は、いいダンナさんになりそうですね」

「どうかなぁ」

「理解してくれたうえで無干渉。そうなってくれそう」

「いや、微干渉はしちゃうんじゃないかな。今日だって、校長先生と杉原先生の話に口を出しちゃったわけだし」

「あの微干渉ならありですよ」

「微でもなかったけどね。過干渉に近かったでしょ」

「だとしても、あれはいい過干渉ですよ。するべき過干渉でした」

父親というものを知らない僕がいいダンナになれるのか。やはりよくわからない。

それはわからないが。

自分が高藤先生に好意を持たれているのは少しわかる。勘ちがいかもしれないが。

杉原先生にご飯に誘われたのはその翌週。同じく金曜日のことだ。何ならお酒でも、というわけで、駅前にある焼鳥がメインの居酒屋に入った。雑居ビルの二階、しゃれた店だ。駅の北側だが、そこなら一応、学区外。南側の繁華街にまで行く必要はない。おまかせの焼鳥盛り合せや蒸し鶏《どり》の香味ソースがけや牛タンのカルパッチョやポテトサラダを頼み、まずはグラスのビールで乾杯。

その後はハイボールに切り換えた。僕がそうしたら、杉原先生もそうした。お酒はあまり飲まないが、飲めないわけではないという。逆に何でもいいそうだ。日本酒でも焼酎でも。マッコリでも紹興酒《しょうこうしゅ》でも。ビールでもワインでも。ウイスキーでもテキーラでも。テキーラでもいいの？　と訊いたら、いいです、飲んだことはないですけど、と真顔で答えていた。

お腹も落ちついたところで、ハイボールを飲みながら、これも訊いてみた。

「どう？　水木くん。いや、水木さん。昼休みには職員室に来てくれてるみたいだけど」

「はい。今日も来てくれました。ほかの子たちも、火曜水曜くらいまでは来てくれましたけど、何か、飽きちゃったみたいで。今日はもう水木さん一人だけでした」

「古池さんは？」

「来てないですね」

「一度も？」

「はい」

「来づらかったのかな」

「いえ。訊きたいことがなかったんだと思います。頭がいいというか、成績はいい子なので」

「そうなんだね」

「不公平、がいやだっただけなんじゃないですかね」

「あぁ」そしてこう尋ねてみる。「古池さんは、お母さんが杉原先生にああ言ったことを知ってるのかな」

「どうなんでしょう。直接訊いてはいないですけど」

「いないんだ」

「はい。訊くことでもないですし」

「まあ、そうか」

「知ってはいるんだと思いますけどね。お母さんが話してるでしょうし。先生に言っといたからと」

「じゃあ、今のこの方針を、古池さんもお母さんに話したのかな」

「話してるかもしれませんね」

「どうなったかを、お母さん自身が訊くか」

「はい」

「で、何か言ってきたりはしてないんだよね？」

「そうですね」

「じゃあ、よかった」

「はい。石村先生のおかげですよ。本当にたすかりました。僕じゃ、このやり方には気づけなかったです」

「と言うほど大したものじゃないでしょ」

「いえ。水木さんに教えることばかり考えてたんで、ほかの子も呼ぶという発想になりませんでした。痛感しましたよ。視野が狭いんですね、ぼくは」

「そんなことないでしょ。視野が狭い人は水木くんに、じゃなくて水木さんに放課後教えようとはしないよ。周りに何か言われそうだなと思って、初めからしない。周りに何か言われそうだと思うだけでおしまい。視野が狭いっていうのは、そういうことだよ」

「でもそこがまずいんですよ、ぼくは」

「ん？」

「周りに何か言われそうだなって、思わなかったんですよね。校長先生に言われるとは思いませんでしたし、まず、子どもたちにひいきだなんて言われるとも思いませんでした。教師が児童に教えるのは当たり前だと、僕自身が思ってたんで」

そのとおりならそれもどうなのかと一瞬思ってしまうが。やはり杉原先生は優しいのだとも思う。

シェアできるようにと串から外した砂肝を食べながら、杉原先生が言う。

「ぼくの親も教師じゃないですか」

「うん」

「どっちも優秀なんですよね。ぼくから見て」

「そうなんだ」

「はい。帰りが遅いのはしょっちゅうでしたけど、仕事を家に持ち帰ってくるようなことはなかったですし。ぼくなんて、帰りが遅いうえに仕事を持ち帰ってますからね。あ、もちろん、個人情報は持ち出してないですけど」

「杉原先生は手を抜かないだけでしょ。って、別に杉原先生のお父さんお母さんが手を抜いてたと言ってるわけじゃないけど」

「いやぁ、今思えば、うまく抜いてはいたんでしょうね。ぼくはそれもできない」

「だとしても、マイナスにとらえることではないよ」

「どっちも毎年お正月には子どもたちからたくさん年賀状が来てましたし。ぼくなんて、数えるほどしか来ないですけど」

「僕も同じだよ。それは単に、年賀状を出す習慣がなくなってきてるだけでしょ」

「でもぼくの親は、卒業した子たちから来たりもしますからね。その子が大人になってからも」

「それは、すごいね」

「そういうのを見てるんで、ぼくは何もできてないなぁ、ちゃんとしなきゃなぁって、どうしても思っちゃうんですよね」

「充分ちゃんとしてるじゃない、杉原先生は」

「してないですよ。今もこんなことになっちゃってるし」

「こういうこともあるよ」

「石村先生は、ありました？」

「まだないけど。たまたまでしょ。これから先、何かはあるよ。教師と児童。教師と保護者。教師と教師。結局は人と人だからね、どうしても自分の意図が伝わらないなんてことにもなる。そうなったときに一つ一つ片づけていくしかないんでしょ」

自分で言ってみて、そうなのだと思う。予防はできないというか、しきれないのだ。

僕のクラスにも二十四人の児童がいる。よそにくらべれば少ないが、それでも二十四人。そしてその二倍近くの保護者もいる。顔を知らない人もたくさんいる。

そんな人たちが何をどう感じているかなどわからない。全員にこちらの意図を的確に伝えることはできない。できたとしても、その意図をよしとされないこともある。

どの仕事も同じだろうが、教師の仕事も楽ではない。なかには病んでしまう人もいる。まじめで責任感が強い人ほどそうなる。杉原先生にはそうなってほしくない。

教師は放課後も忙しい。やらなければいけないことはたくさんある。杉原先生はその時間を削って水木くんに勉強を教えていたのだ。そのときにやるべきだったことをあとまわしにして。自分の帰りが遅くなることを厭《いと》わずに。

そんな先生が病んだりしてほしくない。そうなるようではいけない。

「ぼくは向いてないんですかね」

そんなことないよ、と言おうとしたが、やめた。それは実のない言葉だ。何にもならない。

代わりに言う。

「向いてる人なんているのかな」

「いませんか？」

「うまくやれる人はいるかもしれないけど、向いてるっていうのとはちがう気がするよ」

「うーん」

「教師になる前はそういうことをあまり考えなかったんだけどさ」

「はい」

「教師になってから、思ったんだよね。教師になる資格がある人なんているのかなって。教師だってさ、厳密なことを言えば、普段の生活のなかではよくないこともしちゃってるわけじゃない」

「それは、例えば」

「えーと、赤信号でも車が来なければ道を渡っちゃったり、疲れてるときは電車で席を譲らなかったり。あとは、ごみの日の前夜にごみを出しちゃったり、可燃ごみにちょっと硬いプラスチックを交ぜちゃったり」

「あ、ぼく、それはちゃんとやります」

「え？」

「ごみは必ず朝出しますし、分別もします」

「ヤバい。じゃ、僕だけだ。まあ、それはいいや。って、よくないけど。とりあえず措《お》いといて」

「はい」

「教師になる資格がある人なんていないけどそれでも教師は必要。今はそう思ってるよ。誰かがその役をしなきゃいけないんだってね」

「あぁ。そう、ですね。誰かが、やらなきゃいけないですもんね」杉原先生はハイボールを一口二口と飲んで、言う。「すごいですね、石村先生」

「は？　すごくないよ。ほかの先生たちに怒られるでしょ。結果として、先生はすごくないみたいなことを言っちゃってるんだから。ごみ出しをちゃんとしてないことも明かしちゃったし。まずいな。知られたら、学校にクレームが来るかも」

「ぼくは言いませんよ」

「いや、冗談だよ」と僕が笑い、

「あぁ、何だ」と杉原先生も笑う。

笑えばいい顔になるのだ、この人は。その優しい笑顔は教室に必要。子どもたちもそう感じていると思う。

結局、杉原先生は優しいから教師になったのだ。なってほしいという両親の意を汲《く》んで。

その後、ハイボールをもう一杯ずつ頼み、締めの料理も頼んだ。

鶏がメインの店らしく、鶏そぼろごはん。鶏だしミニラーメンと迷ってそちらにした。僕がそうすると、杉原先生もそうした。

鶏そぼろは久しぶりだ。ばあちゃんのそれ以来かもしれない。

学校の給食は中学まで。高校時代は弁当を持って通学していた。

ばあちゃんがつくってくれたのはのり弁当が多かったが、のりが鶏そぼろに替わることもあった。それが僕は地味に好きだった。弁当箱の蓋を開けたときに黒でなく茶色だと、お、当たり、と思った。

たまには晩ご飯に鶏そぼろが出てくることもあり、そうなると翌日の弁当も必ず鶏そぼろになった。連日でも飽きなかった。それでも当たりは当たりだった。当たりを前夜から先どりしていたわけだ。

ちなみに。食べたことがあるのはばあちゃんのだけ。母の鶏そぼろを食べた記憶はない。たぶん、一度もつくらなかったはずだ。母の料理で僕が覚えているのは、チャーハンや肉野菜炒《いた》めだけ。つくってくれたのは小三ぐらいまでだから、あまり覚えていないのだ。

ばあちゃんのそれとは微妙に味がちがうがおいしいことはおいしい鶏そぼろごはんを食べる。

杉原先生が言う。

「ぼくは定年までずっと教師を続けられるんですかね。自信がないですよ」

「僕だってないよ。続けるつもりはあってもそうする自信はない。そんな人のほうが多いんじゃないかな」

「そう、ですか？」

「だと思うよ。それにさ」

「はい」

　言うべきか迷った末に、言う。

「無理に続けようとはしなくていいんじゃないかな」

「え？」

「つぶれるまではがんばらなくていい。本当に無理ならやめればいい。教師を、じゃなくて、仕事を、やめればいい。そんなつもりでやってもいいんじゃないかな。教師を特別なものと考えなくていいんでしょ。だから気楽にやってもいいとかそういうことでもないけど。一つの仕事として見ることも必要だと思うよ。実際、仕事は仕事なわけだし」

「そう、ですよね」

「というこれは、あくまでも僕の意見ね。僕個人の意見」

「はい。だとしても、聞けてよかったです」

「僕も杉原先生の話が聞けてよかったよ。僕こそ、自分の甘さを痛感した」

「何ですか？」

「僕もこれからはごみ出しをちゃんとするよ。どんなに小さい不燃ごみも可燃ごみに交ぜない。夜に出しもしない」

「あ、いえ、ぼくだって、小さい不燃ごみぐらいは、たぶん、気づかずに交ぜちゃってますよ」

「その気づいてるか気づいてないかが大事だから。で、ついでに、赤信号は渡らないし、疲れてても席は譲るよ」

「赤信号はともかく。本当に疲れてるときは席を譲らなくていいんじゃないですかね。まあ、近くに立ってるのがどんな人かにもよりますけど。今は七十歳ぐらいの人だと判断が難しくて。譲ることで不愉快な思いをさせちゃう可能性もありますし」

「年寄扱いするなって？」

「はい。ぼくも一度言われたことがあります。譲ろうとしたら、別に疲れてないよって」

「それはちょっと困るね」

だがちゃんと譲るんだな、と思う。そこで譲らずにはいられない人なのだ、杉原先生は。だから放課後の時間だって削ってしまう。児童が質問してくる限り、答えてしまう。

そんなふうにあれこれ話し、僕らは午後十一時半まで店にいた。閉店の時刻だ。といっても、店に来たのが仕事を終えての午後九時半だったから、ちょうど二時間。

会計の際、僕は杉原先生に言った。

「一応、先輩なんで、ここは僕が」

「いえ、誘ったのはぼくなので、ぼくが」

結局、割り勘にした。それでいい。そのほうが、お互い、また誘いやすい。

同僚とお酒を飲む。飲んで、話す。僕はもう少しそういうことをしてきてもよかったのかもしれない。そんなことを思った。

そして翌週。職員室に一本の電話がかかってきた。

一年三組の石村圭斗先生宛。かけてきたのは、吉井駿希の保護者舞奈。

放課後。電話に出た高藤先生が取り次いでくれた。

「いきなり電話をかけてしまってすいません」と舞奈は言った。

「いえ。どうかされましたか？」

「少し困ったことになってしまって」

僕は声をやや潜めて言った。

「あのこと、ですか？」

「はい。あの人がまたお店に来て」

「あぁ。それはもう断ってもいいんじゃないですか？　例えば会社の上の人に話すとかして。事情は知られてしまいますけど」

「事情を知られるのはかまわないんですよ。でも、話すのもちょっとどうかと」

「何かまずい、ですか？」

「あの人、また保険に入ったんですよ。入ってくれたというか」

「えーと、確か」

「車の保険です。自動車保険」

「でも車は持ってないんですよね？」

「それが、買ったみたいで」

「え？」

「車を買ったんですよ」

「もしかして、保険に入るために車を買ったということですか？」

「そのためだけではないでしょうけど。そういう面もあるかと」

そこまで来ると感心してしまう。新山八尋、すごいな、と思ってしまう。

「それで、ドライブでもしようと言われました」

「その車でですか」

「はい。駿希くんも乗れるよ、と」

「吉井さんは、何と」

「ドライブはしません、駿希も乗りません、と」

「そう、ですよね」

「だから上に話すのも無理かと。上から見れば、いいお客さんですし。わたしが何をされたわけでもないですし」

「保険に入ってくれただけ、ですもんね」

「はい。それでそのあとまた店に来たんですよ」

「今度は何ですか？」

「また生命保険です。前みたいな貯蓄型ではなく、医療保障を重視するタイプの。車を買ったから万が一事故に遭ったときのために入っておきたいと思って、と言ってました」

本当にすごい。あまりにもでき過ぎていて、逆に冗談のように聞こえる。

「このあとさらに年金保険のことも聞きたいと言ってます」

「何でもありですね」

「はい。取り扱う保険の種類が多いのでそうなるというか、そうできてしまいます。そのうち、入った保険を見直したいと言ってくるかもしれません」

「入り直すということですか？」

「はい。損は出ちゃいますけど」

「きりがないですね」

「ないです。って、こんなことで電話をしてしまって本当にすみません。ご迷惑なのはわかってるんですけど、事情をすべて知ってる先生はどう思われるか、ご意見を聞きたくて」

「駿希くんの前に現れたりは、してないんですよね？　接触を図ったりとかは」

「それはないです。駿希にも、新山という名前を伝えてますし。気をつけるようにも言ってます。誰かに声をかけられても絶対ついていかないようにって。話は聞かなくていい、あいさつもしなくていい、こんにちはと言われてもこんにちはと返さなくていい。そう言ってます。本当はいやなんですけど、しかたなく」

「そのほうがいいかもしれませんね。こちらでも、いつも以上に言いますよ。吉井くんには特に言います」

「お願いします」そして舞奈は言う。「先生」

「はい」

「わたし、どうすればいいんでしょう」

「警察には、話してないんですよね？」

「はい」

「やっぱり、話す気にはなりませんか？」

「ならない、です。すみません」

「あ、いえ、謝っていただくことでは」

考える。電話なので、そう長い間はとれない。とりあえず、言ってみる。

「ご兄弟に言ってもらったりするのはどうですか？　あいだに入ってもらって。面識のない大人が出てくれれば、あちらも立ち止まれるんじゃないですかね。一度冷静になれるというか」

「わたし、兄弟はいないんですよ。兄も弟も、姉も妹もいません」

「じゃあ、お母さんは、無理ですかね」

「そうですね。ちょっと」

「逆に紹介するような形になっちゃいますもんね」

「はい」

「ご親戚はどうですか？　いとことか、伯父さん伯母さんとか」

「それをお願いできるような人は、いないですね」

そんな人はいないからこうして僕に電話をかけてきているのだ。遠い関係でしかない僕に。

これを言うのはどうかと思うが、言ってみる。

「例えばの話」

「はい」

「お付き合いなさってる人がいたりすれば、いいんですけどね」

「いないと思います、あの人には」

「あ、そちらではなくて。吉井さんに」

「あぁ。そういうことですか」

「大変失礼ですけど、今そういうかたは」

「いないです」

「ですよね。だからこうなってるわけですもんね」

「はい」

「えーと、何というか、それに近いかたもいらっしゃらないですか。例えばご友人のかたなどで」

「いない、ですね。今はもう仕事と家事に追われて、友人と会うこともないですし。男性だけでなく、女性も」

そうだろう。シングルマザーにそんな時間の余裕があるとはとても思えない。時間をつくるなら、育児を含めた家事の部分を削るしかない。僕の母がそうしたみたいに。

「今は会われてなくても。事情を話してあいだに入ってもらえそうなご友人も、いらっしゃらないですか」

「いないですね。あの人がまさにそんな友人だったわけですし。見込みちがいでしたけど」

「あぁ」

「それに、友人が出てきたところで、無理ですよね。あの人も友人ではあるわけで。関係ないだろってことになっちゃいますし」

「そのご友人のどなたかに、例えばカレシさんのふりをしてもらうとか」

「うーん」

「って、すいません。さすがに無理ですね、それは」

「こちらも、ほんと、すみません。お忙しいのにお邪魔をしてしまって」

「いえ」

「でもとりあえず、今はこんな状況だとお伝えできただけで、よかったです。わたしもちょっと気持ちが不安定になっちゃって。つい電話をかけてしまいました」

「それは、まったくかまいませんので」

「あと、先生」

「はい」

「ごめんなさい。えーと、駿希は学校で、だいじょうぶですか？　何か変わった様子は、ありませんか？」

「はい。わたしが見る限り、普通というか、いつもどおりに元気です」

「よかった」

「お宅では、ちがいますか？」

「いえ。元気です。ただ、わたしの前だからそう見せてるのだとしたらよくないなと思って。あの子、わたしがひとり親だからか、たまに気をつかうようなところもあるので」

わからないではない。僕もかつて、少しはそうだったかもしれない。

「ご心配はいらないかと思います。吉井くん、いつもどおりです。給食も残さず食べてますし。昼休みも、校庭で元気いっぱいにクラスの子たちと遊んでます。一応、わたしも気にかけるようにはしてますし」

「ありがとうございます」

「あ、いえいえ」

「先生に受け持っていただいて、本当によかったです。引きつづき、駿希をよろしくお願いします」

「はい。できることは、します」

「では失礼します」

「失礼します」

# 秋　三十三歳

誕生日の九月二十日が過ぎ、僕は三十三歳になった。

三十一歳から三十二歳になったときと同じ。変化は何もない。三十歳になったときは、ついになってしまった、と思ったが、翌年三十一歳になったときはもう何も思わなかった。

一年一年で重みがちがうのはやはり二十代までなのだ。二十一歳と二十二歳はちがったが、三十一歳と三十二歳はちがわない。ただ一年が過ぎただけ。そしてその一年は早い。

何も変わらないことは変わらない。が、富田留里香のことは気にし続けていた。それが唯一、僕が三十二歳から三十三歳へと引き継いだ、というか持ち越したものかもしれない。

今も、仕事中、ふと留里香のことを思いだす。地下一階のカフェの店外席やゲームセンターを見たときは必ず。ほかの階の定時巡回をしているときも、たまに。

吉井舞奈が勤めている保険代理店があるショッピングモール。夏の終わりにその一階で、僕はベンチに一人でぽつんと座っている留里香を見た。近づいて見たから、気づけた。そうでなければ気づけなかったはずだ。視力がだいぶ落ちていたから。

僕がそのまま気づかずに素通りしていたら、留里香は地下のゲームセンターで置引をしただろう。成功していたかもしれないし、失敗していたかもしれない。

いや、その前にまず。もうすでにどこかでやっているのかもしれない。だとすれば、失敗してはいないのだろう。だからまたやろうとするのだ。成功体験があるから。

僕が警備員として失敗体験を与えることもできた。だが僕はそこで変に甘い対処をした。だから留里香は店を替えてまたやろうとしてしまった。そしてそこでもたまたま僕に止められた。あの場でも止めたというだけ。僕は自分の見える範囲でそれをさせなかっただけ。根本的な抑止力にはなっていない。なり得ない。

ではそんな僕に何ができるのか。

答は簡単だ。何もできない。

ただ、あそこで留里香に気づけたのはよかった。当たり前に気づけるようには、するべきだろう。

実際、これまでに僕はいろいろなものを見過ごしてきたのかもしれない。見えないから何もないと思っただけ。警備員としても石村圭斗個人としても、そんな瞬間は多くあったのかもしれない。

そうならないために、何ができるのか。

とりあえず思いついたのがこれだ。眼鏡をつくる。

免許更新の度にびくびくしていないで、もうつくってしまえばいいのだ。やっとそう思えた。眼鏡等、と免許証に記載されるというだけのこと。別に何でもない。そもそも車にはほぼ乗らないのだし。いざ乗ったときに、うわ、前が見えない、となるほうがよっぽどまずい。

そしてあれこれ考えた。

まずは、眼鏡か、コンタクトレンズか。

コンタクトレンズはめんどくさそうな気がした。寝る前に外すとか、レンズを洗浄するとか。ケアを万全にしないと衛生面でもよくないだろう。

中高生のころなら迷わずコンタクトレンズを選んでいたと思う。眼鏡をかけるのはいやだったから。

だがもう三十三歳。そんな気持ちはなくなっている。前ほど眼鏡がカッコ悪いものだとも思わなくなっている。

ということで、眼鏡。決定。

ただ、まったく初めてなので、どうしていいかわからない。調べてみた。

いきなり眼鏡店に行ってもつくれるようだが、その前に眼科医の診断を受けて処方箋《しょほうせん》をもらうのが無難だとわかった。目の病気などがないか診てもらってからのほうがいい、ということらしい。

そこで眼科医院を検索した。内科医院はどこにあるか知っていたが、眼科医院は一つも知らなかったのだ。かかることがないから。

それまでは意識していなかったので気づかなかっただけ。駅の近くだけで四軒もあった。あぁ、そういえば、というところが二軒。あとの二軒はまるっきり知らなかった。

その四軒のどれでもなく、少し離れたところにある五軒めを選んだ。吉井舞奈を見かけ、富田留里香に声をかけた、あのショッピングモールに入っている眼科医院だ。これも何かの縁。そう思ってそこにした。

水曜と日曜と祝日は休診とのことで、自分の仕事が休みになる火曜を選び、午後の診察が始まる三時ちょうどに行った。

勝手なイメージだが。眼科医院で処方箋をもらって、眼鏡店で眼鏡を選んで、あれこれ調整してもらって。眼鏡ができ上がるまでに一週間ぐらいかかるのだろうと思っていた。

そんなことはまるでなかった。一日ですべてが終わった。いや、半日。いや、三分の一日。正確には、二時間強。

眼科医院が空いていたこともあり、すんなりことが運んだ。コロナのワクチン接種がすんなり終わったときと同じような喜びを覚えた。

四階の眼科医院で処方箋をもらい、一階の眼鏡店で眼鏡を購入。まさに簡単にすんでしまった。これにします、と決めた五十分後に現物を受けとれるとは思わなかった。

眼鏡はいくつか見せてもらったが、シンプルな黒縁《くろぶち》のものにした。フレームがしっかりしていて、壊れなそうなところが気にいった。それでいて一番安かったのだ。何と、五千五百円で買えた。

驚いた。今や眼鏡はそんなに安く買えるようになっていたのだ。

スマホやパソコンが出すブルーライトを何パーセントかカットするレンズにもできるとのことで、それにも少し惹かれた。が、そうすると値段がほぼ倍になってしまうので、今回はやめておいた。

教師時代ならそちらにしていたと思う。パソコンで作業をすることも多かったから。だが今はもうそんなことはない。せいぜい、当務明けの朝にスマホで「家、ついて行ってイイですか？」を見るぐらい。それをスマホで見ること自体、目に負担はかかりそうだが、長時間ではないのでよしとした。

眼鏡を受けとると、僕はショッピングモールをあとにした。

外に出たところで、ケースから眼鏡を取りだし、かけてみた。

うぉっと思った。

眼科医院で検査を受けたときにいくつかレンズを試してはいたから、見えることはすでにわかっていた。それでもやはり、うぉっと思った。外でかけるのはちがうな、と。

風景がはっきり見える。各ビルの壁面に書かれた文字のほとんどが読める。何なら、区立公園の木々の葉の一枚一枚までもが見える。ような気がする。少なくとも、ぼんやりした緑のかたまり、にはなっていない。モヤッとしていない。

こんなに見えるのか、とあらためて思う。自分はこんなにも見えていなかったのか、とも。これが五千五百円。もっと早くに眼鏡をつくっておくのだった。こうも安いのなら、あと二つ三つつくってもいい。

マンションに帰るつもりでいたが、それはやめ、大通りを駅のほうへ歩く。もう少しこの風景を楽しみたい。

どんどん歩いていき、見えるものがどんどん増えていく感覚を楽しむ。

木々ははっきりと緑で、空ははっきりと青。そしてビルははっきりとビル。ビルの窓ははっきりと四角。

導かれるように進み、あっという間に駅前。留里香とハンバーガーを買ったファストフード店の前を通り、ＪＲの高架をくぐって南側へ。

自身の勤務地である商業ビル。それも当然はっきり見える。こんな建物だったのか、とまでは思わないが、新鮮には感じる。

さして親しくもない同僚に眼鏡を披露してもしかたがないので、そこは素通り。

いつも目にしてはいたがはっきり見えてはいなかった歩道橋の文字や、そこに掛けられた道路の案内標識の文字がすべて読める。目を凝らす必要はまったくない。

それが見えないようじゃダメだよな、とやはりあらためて思う。自身、不便だもんな、と。

その歩道橋で広い交差点を対角に渡り、さらに大通りを進む。広い歩道を南下する。

右側は、駅前から続く繁華街。夜になるとこわい感じも出る区画だが、昼の今はそんなこともない。繁華していない。人通りは少ない。

そちらへは曲がらず、なお直進。繁華街からは離れ、首都高速の高架もくぐる。そこはトンネルになっていて、一般道よりも下に位置している。

何十メートルか進んで外に出ると、すぐの角に二人の制服警官が立っている。後ろには白い自転車が二台。パトロール中に立哨をしている、ということらしい。

立哨も、二人なら少しは楽だ。話ができれば気も紛れる。とはいえ、相手が中浦副隊長だったりするとかなりきついが。

ここからはもう区が変わっている。だから警官も、駅前とは管轄《かんかつ》がちがう署の人たちだろう。

自転車で交通違反車両を追うことはできない。とするとこれはいったい何のための立哨なのか。

警備員としての単純な興味から訊いてみたい気もするが、実際に訊きはしない。訊いたところで教えてはくれないだろう。警官は常に質問する側。されるのはいやがる。それは僕ら警備員も同じ。警備をする者たちが自分の手の内を明かしていいわけがないのだ。

　さて、どうするか。

　ここまで来たのだから公園に行ってみよう、と思う。

教師時代に遠足に行き、今もたまに周りを歩く都立公園だ。春とはまたちがう秋の緑を、新緑ならぬ旧緑を、視力が回復した目で楽しみたい。もう陽は落ちかけているが、その代わり、園内灯は点いているはず。人工の光に浮かぶ緑を眺めるのもいい。

　交差点の歩行者用信号が青に変わるのを待って、大通りを渡る。少し歩き、遠足で来たときとは反対の方向から公園に入る。

　周りは散歩で何度も歩いているが、園内に入るのは久しぶりだ。

　何となく避けているようなところもあった。入るとその遠足のことや子どもたちのことを思いだしてしまいそうな気がしたのだ。

　思いだすのはいいが、自分がそれを懐かしむ感じになるのがいやだった。過去は過去。そう割り切りたかった。

　だがそう思っているなら、それこそが割り切れていないことの証だ。と、最近気づいた。

　もしかしたら、富田留里香のことがあってからかもしれない。どう説明したらいいかわからないが。警備員になって初めて、何かが起きたような気がしたのだ。警備員として自ら動いたことで、教師、がまた一歩後ろへ遠のいた、というか。

警備員として動いたというよりは、石村圭斗として動いた、に近い。ただ、きっかけは警備員だ。僕が警備員でなければ、留里香と知り合うことはなかった。留里香を地下にあるカフェの店外席で見かけることはなかった。

夜を迎えつつある公園にはまだ人がいる。母親と遊んでいる子もいるし、中学生らしきグループもいる。

遊具がある広場のわきの遊歩道を歩いて、芝生の広場へ。

芝生しかないので、そこに人はいない。その真ん中辺りを歩いていく。

持っているハンカチを下に落としてみようか、それを自分で拾ってみようか、と思うが、思うだけ。さすがに実行はしない。思ったことで苦笑するのみ。

懐かしいことは懐かしい。が、さほど心の揺れはない。時間が経ったのを感じる。自分が教師でいた時間もあったのだな、とただ思う。

入った出入口から公園を出ると、僕は大通りのほうへ戻る。そしてその手前で右に曲がる。

ついでに、留里香のアパートの前を通っていくことにしたのだ。

ついでに、と言ってはいるが、実はＪＲの高架をくぐって南側に来たときに思いついていた。ただの散歩なら、果子が勤める病院のほうへ行ってもよかったのだ。だが僕が選んだのはそちらだった。

とはいえ、そのときはまだ思いついただけ。実際に行くのは変だよな、と思ってはいた。それではある意味ストーカーだ。吉井舞奈に付きまとった新山八尋と変わらない。しかも相手は小学生。

小児性愛者と疑われてもしかたがない。

だからあえて歩道橋を対角へ、通りの反対側へ渡った。まっすぐ行けば横断歩道で渡れるのに、そうした。迷いはあったから。

だが結局はそれ。思いつきには抗《あらが》えなかった。気持ちをぼかすためにも都立公園を歩いた。流れで教師時代を懐かしんだ。

その道は一方通行路。路面には、スクールゾーン、と書かれている。

少し先には、学校、幼稚園、保育所等あり、の警戒標識が立てられている。黄色い四角のあれだ。四角をトランプのダイヤのように縦にしたあれ。

久しぶりに、というか初めてその標識をじっくり見る。立ち止まりさえして、見る。

黒いシルエットだけだが、小学校低学年ぐらいの男子がまだ就学前ぐらいの女子の手を引いて歩いているように見える。お兄ちゃんと妹、ということなのか。

男子は学帽らしきものをかぶっていて、小さなリュックらしきものを背負っている。ランドセルですらないところが渋い。どう見ても令和の小学生ではない。平成の小学生ですらなさそう。

いい絵だ。いつか標識は新しくなるかもしれないが、絵はそのままでいいように思う。意味は伝わるから。

そのまままっすぐ歩いていく。暗いと見過ごしてしまうかと思い、ずっと右を見ていく。

細い路地。すぐにわかった。

立ち止まり、そちらを見る。前に来たとき同様、奥にあるアパートの半分だけが見える。

路地に入ってみる。富田家を訪ねようというわけではない。アパートを見てみようと思っただけ。

路地はかなり細いが、公道ではあるようなので、入っても問題はないだろう。

路地の先がアパート。部屋が奥へと連なっている。四室あるらしい。その向こうは都立公園のはず。

アパートの敷地の縁、ぎりぎりのところに立つ。あと一歩踏み出せば来訪者になる。

富田留里香。今夜のご飯はあるのかな、と思う。いや、ないのだろうが、せめてお金は置いていってもらえただろうか。

いきなりこんな声が聞こえてくる。

「おめえ、何で言われたことができねえんだよ」

男性の声だ。

どの部屋から聞こえたのか。二階ではない。一階。それはまちがいない。一番手前の部屋ではない。その隣か。

足がすんなり動く。アパートの敷地にあっさり入る。

玄関前の通路を歩くだけならいいだろう。広告チラシをドアポストに入れる人だって、そのくらいのことはする。

部屋はやはり四つ。だから、声が聞こえてきたのはおそらく一〇三号室。

「ちゃんと拭いとけって言ったろうがよ。おれの靴下が濡《ぬ》れんだろうがよ」

床に何かがこぼれていたらしい。液体のようなもの。飲みもの、なのか。

「おら、何やってんだよ。泣いたってどうにもなんねえぞ」のあとにこれが来てしまう。「ルリカ」まあ、留里香、だろう。一つのアパートにルリカが二人いるとは思えない。

パン、という音に続き、もう少し大きな、ドン！　という音もする。

パン、は頭かどこかを素手で叩《たた》いた音だろう。そういう音は、何となくわかる。

ドン！　はよくわからない。体が壁にぶつかった音なのか。想像したくもない。

一〇三号室の前にしばし立ち尽くす。

声や音が続くようなら、と思う。だがその先を明確にできない。続くようなら、どうする？　訪ねるのか？　訪ねて、どうする？

声は聞こえてこない。音も聞こえてこない。町なからしい微《かす》かな雑音込みの静寂があるのみ。

泣いたってどうにもなんねえぞ、と男性は言った。すでに泣いている相手を見て口にした言葉、であるように聞こえた。

だが富田留里香らしき子が泣いている声までは聞こえてこない。声を押し殺して泣いている、ということかもしれない。何故？　声を出すと、男性の逆鱗《げきりん》に触れ、もっとひどいことになるから。

いっそのこと誰か来てくれないだろうか、と思う。一階のほかの三室に住む人が帰ってくるとか。その人は、僕がここにこうして立っているのを不審に思うだろう。だから僕は言う。歩いてたら怒鳴り声が聞こえたんで、どうしたのかなと思って。

そうすれば、何か教えてくれるかもしれない。男が女の子を叩いてるんだよ、とまではいかなくても。いつものことだよ、くらいのことは言ってくれるかもしれない。それだって立派な情報だ。

僕自身が確信へと近づける。

だがそう都合よく隣人が帰ってきたりはしない。もう一〇三号室からも何も聞こえない。

僕は勝手に想像する。部屋の真ん中で寝そべってスマホを見ている二十代から三十代のジョウジなる男性と、邪魔にならないよう部屋の隅に座って泣いている富田留里香の姿を。

何も聞こえないのだから悪いことは起きていない。少なくとも、緊急にたすけが必要なことは起きていない。

そう判断し、そこから去る。アパートの敷地から路地に出て、もとの道にも出る。もう一度アパートを見てから、歩きだす。

そして、思いだす。いつだったか、電車のなかで見たことを。

二年前か、三年前。マスクをしていなかったから、三年前か。僕は昼の電車に乗っていた。久しぶりに新宿に行こうとでもしていたのだと思う。

都心部の電車なので、昼といっても、乗客はそこそこいた。席はいくつか空いているが立っている人もちらほらいる、という具合。

僕はドアのわきに立っていた。

七人掛けの座席、その中ほどに親子らしき三人がいた。父親と娘が座り、母親が娘の前に立っていた。

娘は四、五歳。幼稚園児か保育園児。しゃべったりうたったりで、ずっと騒いでいた。乗客のほとんどが、うるさいなぁ、と思っていたはずだ。人によっては、親が黙らせろよ、とさえ思っていたかもしれない。

娘の声が金切り声に近いそれになったところで、父親がようやく言った。

ほら、黙れ。

ちょっときつめだが、まあ、許容範囲。なかにはそんな親もいる。

娘は黙らなかった。なお一人で騒ぎつづけた。

母親は終始無反応。そこまでは覚えていないが、スマホを見たりしていたのかもしれない。

そして親にかまってもらえない娘が完全な金切り声を上げた。

すかさず父親の強烈な一言が来た。

うるせえ！

娘は一変した。スイッチが入った。

いやぁ。ぶつの、いやぁ。

怯《おび》えた声でそう言って、いきなり泣きだした。

車内の空気が一瞬にして凍りついたのは言うまでもない。

父親の、ほら、黙れ、も、うるせえ！　も、ほかの人たちの迷惑になるから、という感じではなかった。まさに、うるせえから黙れ、おれが不快だから黙れ、という感じだった。

で、娘の反応。速かった。うるせえ！　がトリガーになっていたのかもしれない。うるせえ！　が来ると、そのあとにはいつも父親の平手なり拳《こぶし》なりが飛んでくる。だからそれだけでもう反応してしまうのだ。

三人で出かけてはいたわけだし、娘もそれまでは上機嫌に騒いでいたのだから、深刻なことになってはいなかったのだろう。三人にとってはそれが日常でもあったのだろう。そんな日常が娘にとっていいものであるはずはないが。

娘はしくしく泣き、やがて泣き止《や》んだ。それからはもう騒ぐことはなかった。

車内の誰かが親子に声をかけたりはしなかった。だいじょうぶですか？　といった程度の声をかける人もいなかった。多くの人が思っていたのはこうだったろう。早く降りてくれよ。もしくは。自分が早く降りてぇ。

僕もそのときはそれに近かった。親子は自分とは無関係だから。

富田留里香だって、その娘と同じと言えば同じだ。僕とは無関係。

ただ、すでに名前と住所を知ってはいる。ハンバーガーをおごってもいる。無関係なりに、近い。

が、それでも。遠いのだ。人と人は、近いようで、遠いのだ。

言い訳をするように、そんなことを思う。

大通りに出て、首都高速高架下の地下トンネルに潜る。

あぁ、自分は潜ってるな。もうずっと潜ってるな。

そんなことも思う。

万引を警戒して防止すること。それが保安警備業務だ。万引を予防すること。発見すること。被害を回復すること。警備員にはそんな役割が求められる。

私服組の万引Gメンは捕捉がメイン。僕ら制服組は警戒がメイン。とはいえ、現認すれば捕捉にも当たる。

保安警備の観点からすれば、不審者とはこういう人になる。

大きめの紙袋や手提げ袋を持っている人。かばんのファスナーを開けたままにしている人。コートのボタンを外したままにしている人。やたらと店員に話しかける人。大人数で来ている人。試着室に一度に多くの商品を持ちこむ人。

誰だって、そんな人になることはある。つまり、不審者は結構いる。

ほかにも、売場を歩きまわったり、何度も同じ商品のところへ行ったり。

それは僕もやってしまう。自分がお客になったとき、買うつもりはないが今後の参考のためにと、あれこれ見てしまう。値段を確認するために戻ったりもしてしまう。あやしいと思われてるかもな、と自分で思ったりもする。

だが店員を何度も見るのはあやしい。商品を探すときと人を探すときの視線の高さや動きはちがうのだ。店員を探していたとして。見つけたあとに声をかけたり寄っていったりしないのは明らかにおかしい。

いざことにかかろうというときの人の動きは、どうしても不自然なものになる。気づかれないようおこなうには、二ヵ所に視線を向けなければならない。それは普段の動きではないのだ。

今日は条件がそろっていた。

場所は広めの雑貨店。文房具やその他諸々《もろもろ》を扱う店だ。

四人で来た十代男子。制服は着ていなかったが、おそらく高校生。それぞれにバッグを持っていた。うち一人のバッグのファスナーは開いていた。

それで、あれっと思った。眼鏡をかけていたから気づけた。裸眼のままなら気づけなかっただろう。

単にだらしない高校生、と見ることもできた。が、やけに大声で話しているのが気になった。何というか、店の空気にそぐわないのだ。

僕はいつも見ているのでわかる。彼らはそうではないのでわからない。高校生だから騒ぐのが普通。そう思っている。やり過ぎてしまっている。ただ楽しくて騒ぐのと人の気を引こうとして騒ぐのは、やはりちがうのだ。

初めは四人であれこれしゃべりながら商品を見ていたが、やがて三人と一人に分かれた。三人は店員さんのほうへ寄っていった。

その動きでわかった。店員さんからはあとの一人が見えなくなる。つまり壁をつくったのだ。

三人のうちの一人が店員さんに話しかけた。商品のことを訊いていたらしい。

普段は、あやしいと思ったら事前に声をかける。僕らの目的はあくまでも防犯。被害を出さなければそれでいいのだ。だから、泳がせるようなことはしない。

声をかけること自体が大事。言葉は何でもいい。何かお探しですか？　でも、どうかされましたか？　でも。

万引はダメですよ。レジを通してくださいよ。そんなことは言わない。やってもいないうちのそれは名誉毀損《きそん》になる恐れがある。自分で自分の首を絞めることにもなってしまう。

ただ、今日は声をかける時間がなかった。僕が気づいたときには、すでにことが始まっていた。

だから、一人になった子に、大まわりして逆方向から近づいた。

角から顔を出したときにちょうど、その彼が商品をバッグに入れて素早くファスナーを閉めるのが見えた。ワイヤレスヘッドホン。小さいが、おそらく一万円ぐらいはするものだ。

彼は僕がいるのとは反対の方向に歩きだし、店を出た。あくまでも一人で。

もし僕のほうへ来ていたら、そこで声をかけていた。その状況なら、お会計をお願いします、とはっきり言っていたかもしれない。それで被害は防げるのだから。彼もしかたなくお金を払うか、商品を棚に戻すかしていただろう。

だがこうなってはあとを追うしかない。僕らは自分で現認した場合にしか声をかけられない。現認した相手以外は捕捉もできないのだ。

レジはフロアごとではなく、店ごと。だから店を出た時点で声をかけてもいい。未精算のまま店を出たと判断することはできる。建物を出るまで待つ必要はない。

当人は一刻も早く店から遠ざかりたいらしく、すぐに下りエスカレーターに乗った。

そこは追う。緊急事態なので、僕もエスカレーターに乗る。現認はしたが、目を離すことはできないのだ。一瞬でも目を離したら終わり。商品を手放される可能性もある。

彼はエスカレーターを歩いて下りていく。

僕も続く。足音を潜めるのは、気づかれないようにするためではなく、刺激しないようにするためだ。

下のフロアに着いたところで、気配を感じたのか、彼が振り向く。警備員の僕を見て、顔に驚きが浮かぶ。それはすぐに怯えへと変わる。

この瞬間は重要だ。相手が逃走する場合がある。僕は経験したことがないが、いきなり殴りかかってきたりする場合だってあるだろう。特に集団のときは危険。

ただ、今の彼は一人。そうはならない。

怯えがあきらめに変わるのを見て、僕は言う。

「ちょっとよろしいですか？」

「えーと、はい」

「とりあえず、このまま一階まで下りてください」

彼はおとなしく従ってくれる。任意同行してくれる。

先に行かせ、その後ろに付く。ただし、適度に距離はとる。相手は未成年。犯人連行、とは見えないよう配慮する。

そして一階の警備室に連れていき、豊島隊長に経緯を説明した。

次いであの店の店長を呼ぶ。

店長は三十代後半の男性。すぐにやってきた。やはりそうでしたか、と言う。

あの三人はもういないらしい。逃げたのだ。実行犯一人を残して。

実行犯の彼は素直にワイヤレスヘッドホンをバッグから出し、店長に返した。被害の回復は、無事成功した。

これはあくまでも任意同行。この先どうするかの判断を下すのは僕らではない。それをするのは被害に遭った店の責任者、店長だ。その意向で、警察に引き渡すことも放免することもできる。僕ら警備員がどうこうすることはない。万引犯に反省を促したり謝罪を求めたりといった説諭はしない。するのはあくまでも店長だ。僕らの仕事はそこまで。

そして今日、店長が下した判断は、放免ではなく、警察への引き渡し、だった。

こういうのはもう何度もやられてますからね、と店長は苦々しく言った。小中学生ならまだしも、高校生ならはっきり悪いとわかってやってるはずですし。

それについても、僕らは何も言わない。店長の意思を尊重するだけだ。

そこで僕は富田留里香のことを思いだす。

初めてここの地下で留里香を見かけたとき。現認したにもかかわらず、僕は留里香を放免した。置引だったから、ではある。あのときは、女性に手提げかばんを返せることが明らかだった。置引されたことを女性に伝える必要はないようにも思えた。だから、ああした。

だがそれも言い訳だ。結局は僕自身がそうしたかった。留里香をあの場で置引犯にしたくなかった。その意味で、僕は警備員失格だ。向いていないと言われたら、反論はできない。

この万引の一件が片づいたあと。僕は報告書を書いた。

提出する際、豊島隊長に言った。

「いつも思いますよ。こういうことがあるから、僕らの仕事もあるんですよね」
「ああ。世の全員が善人なら、警備員の需要はなくなるだろうな」
そのやりとりを聞いて、中浦副隊長が言った。
「ああいうやつらがいるからウチらがメシを食えてるんだよ。せいぜい感謝しなきゃな」

この日は当務。果子もちょうど夜勤。だから勤務明けに飲んだ。例によって、二十四時間営業の居酒屋で。

いつも行く、果子が勤める病院に近い店にした。歩いて十分弱。それは僕も同じだ。

常連になりつつあるからか、奥に一つだけある個室をつかわせてもらえた。今日もアクリル板越し。

相変わらず、僕らはそんなふうに会っている。マッチングアプリで知り合った果子だが、もはや飲み友だちのようになっている。いや、ように、ではなく、完全に飲み友だちだ。

いまだにどこかへ出かけたりはしていない。午前中に会って、飲むだけ。だがそれも悪くない。僕はそう思うようになっている。このままでいいのかもな、と。

まずはビール。おつかれさまを言い合って、乾杯。

二杯めは僕がハイボールで、果子はこの店にもあるジャスミンハイ。まさにいつもの感じだ。

つまみは、厚焼き玉子に豚キムチ炒めにアボカドサラダ。玉子がかぶってしまうが、うずらの醤油《しょうゆ》漬けというのも頼んだ。僕が。

うずらの玉子は、子どものころから好きなのだ。母も好きだった。だからスーパーで揚げものなどの惣菜《そうざい》を買うときは、コロッケのほかにうずらの串《くし》も買った。母が好きなものは、たいてい僕も好きになった。

看護師と警備員。果子とは仕事の話もする。あくまでも、大まかに。なかには明かせないこともあるので、細かなことは話さない。

が、今日は話した。

「万引とかって、あるの？」と果子に訊かれたのだ。

「あるね」とあっさり答えた。

そもそも、万引がないと思っている人などいない。個人情報を明かさなければ問題はない。

昨日あったことを、果子に話した。

高校生が集団で来たこと。初めから様子がおかしかったこと。実際に万引がおこなわれたこと。おこなった子を捕捉したこと。店長の判断で警察に引き渡したこと。

「わかるわ」と果子は言った。「いちいち許してたらきりがないもんね。もうしませんと言って許されたとしても、やる子はまたよそでやるだろうし」

「その子は初めてだったみたいだけどね」

その子自身がそんなことを言っていた。こちらが訊いたわけではないが、自分から。初めてだったんですよ、と。

「そんなのうそでしょ」と果子は断じた。

それは店長も同じだった。初めての人が四人がかりはないですよ、と言った。

僕は、どうなのかよくわからなかった。うそであるようにも聞こえたが。たとえ事実であったとしても、うそのように聞こえてしまうだろう、と思った。

果子はこうも言った。

「確かに高校生はダメだよね。中学生と高校生。そこのちがいは大きいよ。高校まで行ったら、ちょっとは落ちつくでしょ」

「落ちつくかな」

「落ちつかないとしても、分別はつくよね。万引で捕まったときのリスクは大きいっていうことぐらいは理解できるはず。わたし自身はそうだった。中学生のときはふらついてたけど、高校生になって、ちょっとは落ちついた。人との距離も測れるようになったし」

「それは、どんなふうに？」

「近づくだけ、離れるだけ、ではなくて。敵でも味方でもない関係、を築けるようになったかな。しゃべらないけど嫌いではない、嫌いではないけどしゃべらない、みたいな」

「あぁ」

「実際、クラスで一度もしゃべったことがない子とか、結構いたしね」

「いたね」

「女子でも男子でも」

「うん」

「小学校中学校ではそんなことなかったけど。クラスメイトなら誰とでもしゃべってたし。それがたとえ嫌いな子でも。嫌いな子にあんた嫌いって言えたしね、そのころは」

「そうだったかも」

「それがいいことかはわからないけど」

「そのころはそれでよかったんだろうね」

「今も言ってみたいけどね」

「ん？」

「嫌いな人に、あんた嫌いって」

「言ったら面倒なことになるだろうな」

「なるね。まあ、言わなくても、お互い、態度でわかってたりもするけど」

「でも言うか言わないかは、やっぱり大きいでしょ」

「そうだね。言われてないからセーフ、みたいな感覚も、確かにあるし」

もう何度も一緒に飲んでいるので、僕は知っている。果子はアボカドが大好き。メニューにあれば必ず頼むと自分でも言っている。だからこの店では毎回アボカドサラダを頼む。

そのアボカドを食べて、果子は言う。

「今は高齢者でも万引をするんでしょ？　スーパーとかで」

「そうだね。今はというか、昔からだろうけど」

「小学生もする？」

「するね」

「やっぱりそうなんだ」

「やっぱりっていうのは？」

「いや、もう、すべてにおいて歳とか関係ないんだなと思って。大人は子どもだし、子どもは大人だし。まあ、小学生がスマホをつかう時代だもんね。早いうちから必要ない情報にもたくさん触れる。興味の対象もちがってくるよね。別に万引に興味を持つってことではないけど」

お代わりを頼んでいたハイボールが届けられたので、それを一口飲む。

ためらいつつ、言う。

「小学生の女子が置引だってするからね」

果子の意見を聞いてみたくなったのだ。

いや、ちがう。僕自身が話したかった。

「そうなの？」

「そう」

「人のバッグとかを持っていっちゃうってこと？」

「うん」

「それはもう犯罪じゃない。って、万引も犯罪だけど」

「そこまで追いこまれた子もいるってことなのかも」

そして僕は果子に富田留里香のことを話した。一気に。

警備員としてではなく、石村圭斗として話したつもりだ。だから留里香の名前も出した。そうでないと話しづらいから。

まずは、警備員として留里香の置引を見かけたこと。声をかけ、高齢の女性に手提げかばんを返させたこと。つまり置引にはしなかったこと。

後日、北側のショッピングモールで姿を見かけたこと。そこで留里香がまた置引をしようとしたこと。また声をかけて阻止したこと。さすがにほうってはおけず、もうやめるよう言ったこと。ハンバーガーをおごったこと。家まで送ったこと。

さらに後日、留里香が住むアパートの部屋の前で不穏な声と音を聞いたこと。

「それはもう」と果子は言った。「一つまちがえれば不審者だね。二つまちがえれば誘拐犯でしょ。その子が話したら、親は怒るんじゃない？　激怒するかも」

「話さないと思うけどね」

「それはわからないでしょ」

言われてみれば、そのとおり。普通は話すのかもしれない。いや、話すだろう。普通の親子なら。だが留里香は話していないような気がする。それを母親の麻里香に話すのはよくない。そう判断しそうだ。

「石村くんが名前も伝えたんだとすると。親が警察に話したら、すぐに見つけられちゃうでしょ」

「留里香ちゃん自身が名前までは覚えてないんじゃないかな。一度言っただけだし。で、実際に警察が来たりはしてないんだから、親にも話してないんでしょ。話されたところで、僕は困らないよ。実際に誘拐したわけでもないんだし。何か訊かれたら説明することもできる。親にも、警察にもね。むしろしたいぐらいだよ」

「どうして？」

「何か、あまりよくない状況であるような気がするから」

「それこそわからないでしょ」

「まあね」

「部屋からルリカって聞こえてきたんならその留里香ちゃんではあるんでしょうけど。それだけではね。子どもを強く叱《しか》る親だっているし」

「親では、ないんだよ」

「そのジョウジさんはね。でも母親のカレシなわけでしょ？」

「たぶん」

「昔、ウチの実家の近所にもいたよ。子どもをかなり強く叱る人。おばさんなんだけど。もうすごいの、叱り方が。二軒隣のウチにまで声が聞こえてきたよ。初めて聞いた人なら、あれはあせる。虐待《ぎゃくたい》してると思うかも」

「してなかった？」

「してなかった。叱るときだけそうなる人なの。外で会えばまったく普通。というか、気のいいおばさん」

「家では変わるのかも」

「そういう人もいるだろうけど。その感じではなかったよ」

「子どもは、男女どっち？」

「男の子。ただ元気なだけの、これまた普通の子。虐待を受けてる感じはまったくなかった」

「そうか」

「留里香ちゃんのとこもそうなのかも。実の父親ではないと知ってるからそう見えちゃうんじゃない？　ママの恋人は嫌な奴が多い、みたいな先入観があって。ほら、ドラマなんかでもそんなのばっかりやってるから」

「でもあの音は、叩いた音みたいに聞こえたけどね」

「それだってわからないよ。頭を叩いた音かなんて、看護師のわたしでも聞き分けられない。頬《ほお》とか腿《もも》とかを平手で叩いたんならわかるかもしれないけど。まあ、仮に頭を叩いたんだとしてね。それはもちろんよくないことだけど、そうなっちゃうことも、あるんじゃない？　今はもう手を触れただけでダメみたいになっちゃうけど、家庭内でなら、たまにはそういうこともあるでしょ。つい手が出ちゃったっていうようなことは」

「あるかなぁ」

　僕は、なかった。決していい家庭環境とは言えなかったが、母に手を上げられたことは一度もない。

「というこれがまず一つの見方ね」と果子。

「え？」

「ここからはもう一つの見方。虐待はね、実際、結構あるよ。なかには本当にひどいのもある。看護師をしてれば、そんな子を目にすることもある」

「そういうときは、どうするの？」

「医師が児相に通告する。そうする義務があるから」

児相。児童相談所だ。

「それは親に伝えられるから、実際に虐待をしてもしてなくても、親は怒る。ひどい文句を言ってきたりもするよ。でも医師には義務があるから、迷わず通告できる。しなきゃいけないから。逆に言うと。病院に連れて行かざるを得ないぐらい子どもの症状がひどくなきゃ、見過ごされる場合もあるでしょうね。だから、一般の人が通告するときは匿名《とくめい》でもいいようになってる。そこでためらったりしないように。子どもの安全が第一ってことで。ただそれでも、通告しづらいことは確かよね。大して知りもしない人を、こう言っちゃあれだけど、悪者扱いするわけだから」

「うん」

「虐待は、結構ある。自分が疑ってるそれもそうかもしれない。でもちがうかもしれない。そのときにどうするかって話よね」

「通告してちがってたら、後悔はするだろうな」

「ちがってたとしても、一般の人なら知らずに終わるはずだけどね。匿名の相手に児相は連絡できないし。その後どうなったかを伝える義務もないから」

「そうか。でも、後悔はするよね。もしかしたらちがうかもと、思っちゃったら」

「思っちゃうならしないことよね。自信はないってことなんだし。まずさ、留里香ちゃん自身が、困ってないって言ったんでしょ？」

「言ったというか、うなずいたんだね。困ってない？　って僕が訊いたら」

「じゃあ、困ってないんだよ。そうとるしかないじゃない。そうとっていいじゃない。石村くんが、いや、君は困ってるよ、と言うことではないよ」

「まあ、そう、だね」

「あ、ねぇ」

「ん？」

「アボカド、食べちゃっていい？」

「どうぞ」

　果子はアボカドを食べ、ジャスミンハイを飲んで、言う。

「いや、別にさ、石村くんの見立てがまちがってるとか、そんなふうに思ってるわけじゃないのよ。正直に言えば、わたしも、ちょっとあやしいなって思う。その麻里香さんだって、晩ご飯代を置いていかない時点で親としてはアウトだし。でも、ぎりぎりのところでどうにかやってるシングル家庭の人たちが多いのも事実。医療費を払えないから病院に行かないなんて人たちも、現にいるからね。そんな状態なら、少しは歪《ひず》みも出ちゃうんだと思う。それでも、やっていく人たちはどうにかやっていくよ」

「やっていけない人も、いるんじゃないかな」

「いるでしょうね。でもそういう人は自分でたすけを求めるしかないよ。自己責任とかそんなことではなくて。他人はそこまで踏みこめない。話を聞く限り、石村くんはちょっと踏みこみすぎのような気がする」

「僕も、そう思わないことはないよ」

「人はさ、遠い人をたすけられないよ。遠い人をたすけるのは、個人じゃなく、あれこれ制度を整えた組織がやるべきだよ」

「組織」

「うん。仕事でやってる人たち。それでちゃんとお金をもらって、専門的にやってる人たち。人をたすけるって、簡単じゃないよ」

「渋川さんは、たすけてるよね？」

「ん？」

「看護師さんは、人をたすけてるよ」

「あぁ。まさに仕事でね。わたしはお金をもらえるからやってる。しかも来る人をたすけるだけ。自分からたすけにはいかない」果子は少し考えてから言う。「いや、やっぱり、たすけてはいないな。看護師はたすけるお手伝いをしてるだけ。ケガの人病気の人をたすけてるのはお医者さんであって、看護師じゃない」

「いや、たすけてるでしょ。もしかしたら、お医者さん以上でしょ。看護師さんの存在は、患者さんにとってすごく大きいよ」

　母が入院していたときにそう思った。もう長くないことがわかってからは、特に。

病院で母に付いていてくれた人は、本当によくやってくれた。母だけでなく、見舞に来た僕にまで親切にしてくれた。圭斗くん、と名前も覚えてくれた。忠さん、に、滋子さん。じいちゃんばあちゃんの名前まで覚えてくれた。

　僕も覚えている。赤塚《あかつか》さんだ。下の名前も訊いておけばよかったと、あとで思った。

　当時で三十前ぐらい。だから今は四十代後半。まだ看護師をしているなら、たすけられている人は多いはずだ。

　赤塚さんはとても明るい人だった。苦しい母を、時に笑わせてくれもした。僕やじいちゃんやばあちゃんが母を笑わせるのはもう無理だったが、看護師の赤塚さんにはそれができた。

　母も信頼していた。何なら担当の医師以上にだ。見ているだけで、それがよく伝わってきた。極端なことを言えば、そのころ母が一番信頼していたのは赤塚さんだったかもしれない。身内でないからこそ生まれる信頼もあるのだ。

　というその話を僕がすると、果子は言った。

「その赤塚さんだって、やっぱり仕事でやってるんだよ」

「それはそうだよね。僕の母親も、そんなことはわかってたよ。それでも信頼してた。入院してるときだけというか、病院にいるあいだだけの関係。でも赤塚さんの存在はすごく大きかったと思うよ。最後はもう入退院のくり返しだったけど、病院に行くのはそんなにいやじゃなかったはず。それは明らかに、赤塚さんがいたからだよ」そして僕は言う。「そうなるとさ」

「何？」

「赤塚さんはもう、遠い人をたすけちゃってるよね。仕事でやってはいるかもしれないけど、そういうのは関係なくなっちゃってるよね」

ジャスミンハイを一口二口と飲んで、果子は言う。

「もしかして。だからわたしなの？」

「ん？」

「石村くん、看護師が好きだからマッチングアプリでわたしを選んだの？」

「あぁ。そういうことじゃないよ」ないが、そう言われると少し恥ずかしい。「赤塚さんのことは、渋川さんと知り合ってから思いだした。でも、赤塚さんというその名前はすんなり出てきたよ。思いだそうとしなくても。それはさ、やっぱりすごく印象深かったからだよ」

「お母さん。石村くんが何歳のときに亡くなったって？」

「えーと、十四歳か。中三のとき」

「もう長野にいたんだよね？」

「うん。じいちゃんとばあちゃんがいてくれなかったらどうにもならなかった。母親と二人で東京にいたときは、僕も留里香ちゃんみたいな感じだったし」

「そうなの？」

「そう。母親にもカレシみたいな人がいたよ。何人かと付き合ってたはず。同時期にってことじゃないけど」とそこは母を擁護する。「結局、その誰ともうまくいかなかった」

「ジョウジさんみたいな人は、いなかった？」

「幸いね。接触はほとんどなかったよ。母親はそういう相手を家に上げなかったし。少なくとも僕がそこにいるときは。で、一度いなくなった」

「いなくなった？」

「うん。一週間いなくなった」

「一週間！　どうしてたの？　ご飯とか」

「カップ麺を食べてたよ。お金は少しあったから」

「誰にも言わなかったの？」

「言わなかったね」

「学校の先生にも？」

「うん。先生に言うのは何かちがうと思ってた。二週間も三週間も続くようなら言ってただろうけど。いや、でも。友だちのお母さんとかに言ってたのかな。友だち経由で。そこから先生に伝わって、最後は、たぶん、養護施設か」

「そうはならなかったんだ？」

「ならなかった。母親は一週間で帰ってきてくれたからね。ちょうど一週間」

「お母さん、帰ってきて、どうした？」

「謝って、もう行かないって言ったよ」

「それだけ？」

「まあ、そう」

そこで自分が泣いたことは言わなかった。それは話の筋とは無関係だから。

「で、何、長野に行ったの？」

「うん。母親が連れて行った。もう無理だと思ったんだろうね」

「でも自分も病気になって、長野に？」

「そう」

「どう思った？」

「悲しかったよ。病気になってるわけだし」

「怒ったりは？」

「しなかったかな。病気の悲しさがそれを超えちゃってたから。うれしさも、少しあったけど」

そう。それもあった。また一緒に暮らせるということで。母はほぼ病院にいたから、実質、一緒に暮らせてはいないが。

「それでお母さんが亡くなって。石村くんは資格をとって、教師になったわけだ」

「うん」

「長野でなろうとは思わなかったの？」

「思わなかったね。じいちゃんばあちゃんの世話にはなったけど、これ以上は自分がいちゃダメだと思ったよ」

伯母に対してだけでなく、じいちゃんばあちゃんに対しても、やはりそう思っていた。二人の世話をする人が近くに誰もいないのなら、残っていたかもしれない。が、近くには、頼れる伯母がいた。なら僕は必要ない。石村圭斗はもう退場するべきだと思った。石村有恵が一足先に退場したのだから僕も、と。

あらためて、考える。自分のことや母のことを。

次いで。富田留里香のことやその母麻里香のことを。

そして。母が帰ってこなかった一週間、不安がずっとふくらみ続けたことについても。泣いたってどうにもなんねえぞ、というジョウジの声を留里香の部屋の前で聞いたことについても。

目の前にいる果子に言う。

「資格をとる。一人でやっていく。それはいいよ。でもさ」

「何？」

「たとえ遠くにいても、たすけられなきゃいけない人のことは、たすけるべきなんじゃないかな」

果子がうずらの醤油漬けを食べる。

僕も食べる。うずらはおいしいな、と思う。今も好きだな、と。

「石村くんは、せっかく資格をとってなった教師をやめたわけじゃない」

「うん」

「その理由を、訊いてもいい？」

# 冬から春　二十九歳

十二月下旬。あと何日かで冬休み、というとき。職員室に電話がかかってきた。再び吉井舞奈からだ。

出たのは杉原先生。僕に取り次いでくれた。

「もしもし。お電話替わりました。石村です」

「お世話になっております。吉井駿希の母です」

「どうも」

「何度もすみません」

「いえ。どうかなさいましたか？」

「それが。ちょっと困ったことになってしまいまして」

「困ったこと」

「はい」

「えーと」とやはり声を潜めて言う。「あのことですよね？」

「そうですね」舞奈はすぐに本題に入る。「あのあと、あの人に言ったんですよ。ある人と付き合いはじめたって。そんな人はいないんですけど」

「あぁ」

「それで、しばらくは店に来なかったんですけど。昨日、また来て。じゃあ、その人に会わせてほしいって」

「ほんとですか?」とつい言ってしまう。

「はい」

新山八尋は毎回こちらの想像を超えてくる。僕らが常識と思っているものは通じないらしい。

「会わせる必要はないと、わたしは言ったんですよ。じゃあ、名前を聞かせてくれってあの人は言いました。その必要もないとわたしは返したんですけど。あの人は、名前を言ったからどうってことはないだろ、と。言えないってことは、そんなやつはいないんじゃないのか、と」

常識はなくても、頭はまわるのだ。だからこそ、その頭のなかで独自の理屈を組み立ててしまう。

「それでわたし、つい言っちゃったんですよ。石村圭斗さんですって」

「えっ?」

「架空の名前を言うべきだと思ったんですけど。それだと突っこまれたときにボロが出ちゃうなとも思って、つい」

「そう、ですか。えーと、その石村圭斗が教師であるというようなことは」

「それは言ってません。あくまでもお名前をお借りしただけで、石村先生を想定したわけではないですし」

だとしても、名前を調べればわかってしまう可能性はある。公立学校教員の異動は教育委員会が発表するから。そして僕がどの学校にいるかわかったら。舞奈は自分の息子が通う小学校の教師と付き合っていることになってしまう。

　そこで、尋ねてみる。

「あの、圭斗の漢字まで伝えました？　どう書くか」

「いえ、そこまでは」

「訊かれもしませんでした？」

「訊かれてない、と思います」

　だったら、だいじょうぶかもしれない。

「それで、先生」

「はい」

「こんなの、お願いできることではないんですけど」

　というそのあたりで、もう先の予想はついていた。

「あの人と、会ってもらえませんか？　会って、こういうことはやめるよう、言ってもらえませんか？」

　うーん、と言ったのは心のなかで。口には出さなかった。

　前回の電話で軽はずみなことを言ってしまった、と今さら後悔した。

　お付き合いなさってる人がいたりすれば、いいんですけどね。

　僕はそう言ったのだ。どなたかとお付き合いをすればいいんじゃないですか？　というニュアンスも込めて。

実際、そう思っていた。相手がいれば、新山八尋もあきらめざるを得ない。だから舞奈が自らその方向へ動いてもいいのではないかと。例えば、最近よく聞くマッチングアプリをつかうなどして。

教師である以上、そこまでは言えなかった。教師が、受け持っている児童の保護者に。カレシを探してみてはどうですか？　無理だ。言えるわけがない。

だが今考えれば。無理というほどでもない。カレシを、ではなく、真剣に再婚相手を探してみてはどうかと言えばよかったのだ。それなら、むしろ言うべきであるような気がする。駿希のためにもなるかもしれないから。

「教師として、会うのはちょっと難しいですね」と正直に言う。「あちらも、何なんだ、と思うでしょうし。関係ないだろ、と言われたら、否定はできません」

何なんだ、どころではない。逆に文句を言われるだろう。下手をすれば学校に言われるかもしれない。教師が人の私生活に首を突っこんできたぞ、と。

「それはそうだと思います」と舞奈は言う。「だから、何というかその、お付き合いしてる人の役を、個人的にお願いできませんか？」

できません、と即答するべきであることはわかっていた。どう考えても無理だ。無茶だ。架空の人とはいえ、他人になりすます。演技をする。個人的にだとしても、無理だ。

が。

前回、軽はずみな提案をしてしまったのも僕自身。友人にカレシのふりをしてもらうのはどうかというようなことも、僕は言ってしまったのだ。そこへの後ろめたさはある。舞奈がつい僕の名前を出してしまったのも、やはりそれが頭にあったからだろう。

「ダメですか？」

ダメですよね、と言ってくれていたら、そうですね、とすんなり言えたかもしれない。

もちろん、ダメですか？　に対して、そうですね、でもいい。だが、ダメですよね？　と言われた場合にくらべると、拒否の感じは強まる。

相談に乗っておきながら最後はそうなのか？　と自分で思う。相談に乗るふりをしただけだったのか？　とも思ってしまう。

教師にも限界はある。できないこともある。

児童や保護者とのあいだに一線は引くべきだ。ずっとそう思ってやってきた。やれるところまでは全力でやる。だがここから先は無理、というところではきちんと線を引く。自分にそう言い聞かせてきた。

のだが。

「ダメではないです」と言っていた。「やって、みますよ」

その後、日にちを調整。冬休みに入った二十九日の土曜に会うことにした。そこからは僕も休みで、その日は舞奈も休み。年内にすませましょうということで、そうなった。

新山八尋と会うのは、東京駅八重洲《やえす》地下街にあるカフェで。

自宅がある町は避けたほうがいい。店自体は静かでもにぎわう場所のほうがいい。そう思い、僕が勧めた。八重洲地下街を提案したのが僕で、店を決めたのが舞奈。そのあたりは本当にカレシとカノジョみたいだった。

基本、保護者に個人の電話番号は教えない。教えてはいけないという決まりはないが、僕は教えないことにしている。そこはやはり、一線を引いていたのだ。

だがこうなるとそうも言っていられない。教えてしまった。舞奈に請われたからではない。そうしないと、打ち合わせをするのに不便だからだ。

念のため、登録名を、石村先生、にしないよう舞奈に言っておいた。この先何が起こるかわからない。新山八尋にスマホを見られる可能性がまったくのゼロとは言いきれない。

じゃあ、圭斗にしておきますね。一応、カレシだから。

真剣な声で舞奈にそう言われ、何とも言えない気分になった。

ともかく。僕は石村先生ではない。

では何者か。会社員、にした。舞奈がすでに新山八尋にそこまでは言っていたのだ。

では何の会社か。牛丼店の運営会社にしようかと思った。大学時代にアルバイトをしていたため多少は勝手もわかるからだ。だがそれだとあまりにも身近すぎて、どのチェーン店かという話になってしまいそうなので、やめた。

結局、鉄鋼関係の専門商社の社員、ということにした。長野の伯父が勤める会社をイメージしたのだ。それなら、ここ、と誰もがぴんと来てしまう会社もない。

そもそも、社名までは言う必要がない。訊かれても答えなければいい。鉄鋼関係の商社、とだけ言えばいいのだ。僕もよくわからないが、向こうもよくわからないだろう。新山八尋は飲料会社の社員だそうだから。缶飲料の缶は金属だが、鉄鋼とまではいかないだろう。

情報は最低限しか与えない。そう決めた。僕が舞奈の本物のカレシだとして。与える必要はないのだ。自分のカノジョのストーカーに対してそんな義理はない。

ただし、その手の会社のホームページをいくつか見て、ざっくりしたことは調べておいた。さすがに、何も知らないのはまずいので。

地下街にある店だから窮屈なところを想像していたが、その店は広かった。席間も広くとられていた。そんな店を選んだのだと舞奈も言っていた。

四人掛けのテーブル席に座った。

舞奈と僕が並び、僕の向かいに新山八尋。それは僕が決めた。約束の午後三時の二分前に来た新山八尋に、こちらへ、と手で示して。

僕らは二十分前に来ていた。

そこまで舞奈と一緒に来たわけではない。東京駅の八重洲地下中央口で待ち合わせをした。

地元の同じ駅から電車に乗るのだからそこで待ち合わせをしてもよかったが、それは避けたのだ。何故って、担任教師と児童の保護者が最寄駅で待ち合わせをすることになってしまうから。知り合いに見られたら何を言われるかわからない。

初めて見る新山八尋は、まあ、普通の人だった。これといった特徴はない。飲料会社の社員にも見えるし、そうだと言われれば教師にだって見えるだろう。おそらくは僕もそうであるように。

同い歳、妙な関係の三人。その対面。何を飲もうかなぁ、と迷うような場でもないので、三人が三人とも店名を冠したブレンドコーヒーを頼んだ。

注文をすませると、ふうっと息を吐いて、僕は言った。

「何なんでしょうね、これ。正直、こういうのは勘弁してほしいですよ。これっきりにしてほしいです。ほんと、もうやめてくださいね」

舞奈の本物のカレシなら言うであろうことを、事前にあれこれ考えた。

気分はよくないはずだ。しかたなく出てきた感じになるだろう。その気分の悪さを隠せもしないだろう。

結果、この感じ。石村圭斗です、と僕が自分で言うことはなかったし、新山八尋の名前を尋ねることもなかった。それはカノジョの舞奈から聞くだけで充分。本人の口からなど、聞きたくもないのだ。

「あの」と新山八尋が言う。「名刺をもらうことはできますか？」

「持ってきてないですよ」と僕。「渡す必要もないですし」

「会社にお勤めなんですよね？」

「そうですよ。鉄鋼関係です」とそこは自分から言う。「製鉄所向けの原料とか製鉄プラント向けの資材なんかを卸してますよ。商社なんで」

「製鉄プラント」

その言葉を復唱されて一瞬ひやっとしたが、すぐにこう返す。

「いろんな機械機器が組み合わさってつくられた製造設備のことですよ。鉄の。だから、まあ、工場地帯にある建物は、全部プラントですよね」

「あぁ」

その、あぁ、は、へぇ、そうなの、という意味の、あぁ、に聞こえたので、密かに安堵《あんど》する。

顔を合わせて終わり。舞奈のカレシが実在することを示して終わり。コーヒーを一杯飲むだけ。何なら、一杯飲み終えなくてもいい。そのくらいのつもりでいた。

だから説明はそこまで。ここは調べた知識を披露する場ではない。やり過ぎは逆効果になる。こちらから新山八尋の仕事について尋ねたりもしない。そんなことに興味はないのだ。

「舞奈とは、いつ知り合ったんですか？」と訊かれる。

新山八尋が舞奈を舞奈と呼ぶことにたじろぎつつ、すんなり答える。

「中学でですよ」

「中学。一緒だったんですか？」

「ちょっとだけ。僕は親の都合で長野に引っ越したんで。今はまたこっちですけど」

「そうなんですか」

そう。やはりボロが出ないよう、そんな設定にした。舞奈と打ち合わせて決めたのだ。

舞奈と新山八尋は高校が同じ。住んでいた町はちがうが、だとしても、どこからたどられるかわからない。

長野に関しては、変える必要もないのでそのままつかった。そこのことなら何でも答えられる。

「だから、まあ」といくらか強気に出て言う。「そちらより早く知り合ってますよね」

バカらしい、と自分でも思うが、舞奈の本物のカレシならそんなことを言うかもしれない。

そこでやっとコーヒーが届けられる。

砂糖もミルクも入れずに一口飲む。おいしいはずだが、味はしない。こんなときは味覚も鈍るのだ。それでも飲む。熱いのに、無理して。少しでも早く減らそうと。

舞奈もコーヒーを飲む。

新山八尋も飲む。そして言う。

「別に疑ってたわけじゃないんですよ」

「は？」と返す。

「カレシができたのを疑ってたわけではないです」

「じゃあ、何なんですか？」

「同級生として、心配だったんですよ。舞奈は一度結婚で失敗してるから、またおかしな相手に引っかからないかと」

そこまで来ると、感心を超える。感服する。おかしな相手。すごい。人は絶対に、自分が誰かのおかしな相手になっているとは思わないのだ。

同級生としてなら心配しすぎですよ。普通、同級生がそこまで心配しないですよ。

そう言おうかと思ったが、言わない。もう充分だ。無駄に刺激する必要はない。

新山八尋が初めて舞奈に言う。

「今話を聞いてる保険には、入ってもいい?」

「あぁ、それは」と舞奈は答える。「新山くんがいいなら。ただ、申し訳ないけど、ウチで入るのはこれが最後にしてほしい。よそのお店もあるし。新山くんの家にもっと近いところもあるから」

聞けば。新山八尋は台東《たいとう》区の入谷《いりや》に住んでいるらしい。実際、舞奈の会社の店でも、もっと近いところはあるそうだ。

コーヒーを飲む。残すのも何なので、飲み切る。およそ十分ほどで。

舞奈も続く。

「お先にどうぞ」と新山八尋が言う。「ぼくはゆっくり飲んでいきますから」

立ち上がり、財布からお札と小銭を出そうとする。ファスナーを開けた際、小銭のポケットから一円玉が飛び出して落ちる。床をコロコロと転がる。

今出るなよ、と思いながら身を屈めてそれを拾い、小銭のポケットに戻す。そしてあらためて千三百円を出してテーブルに置く。コーヒー二杯分、だ。

いくらになってもぴったり出せるよう、小銭は多めに用意しておいた。まちがっても、わたしが出します、みたいなことを言わないでください、と舞奈に言っておいた。カレシならそこは出すはずですから、と。

「あ、いいですよ。ぼくが払います」と意外にも新山八尋が言う。

「いや、結構です」と返し、「じゃあ」と続けて、店を出る。舞奈を先に行かせて。

見られているといけないので、しばらくは地下街を並んで歩く。腕を組んだり手をつないだりはしないが、身は寄せる。

そして一度も外に出ることなく、八重洲地下中央口からそのまま東京駅構内へ。

その際にそれとなく振り向いてみるが、あとをつけられている様子はない。

東京駅の長い通路を歩き、電車に乗る。そこは一緒に乗ってしまう。少しは話すべきこともあるから。

車両内に新山八尋の姿がないことを念のため確認し、やっと一息つく。

「終了、ですね」と僕が言い、

「よかったです。ありがとうございます」と舞奈が言う。

「でもあと一度は店に来るんですね。保険に入るなら」

「どうなんでしょう。さっきはああ言ったけど、もう来ないかも。そこまで保険に入りたいわけではないだろうから。あ、そうだ。コーヒー代、払いますよ」

いいですよ、と言いたいところだが、それも言わない。僕は舞奈のカレシではないから。一線は、やはり引くべきだろう。

ただ、舞奈が千三百円を出そうとするので、そこは言う。

「あ、いえ、僕の分はいいです。ご自分の分だけで」

「でも。お手数もお時間もかけちゃいましたし。この電車代だって、わたしが払わなきゃいけないくらいですよ」

「そんなことないです。自分の分は自分で払いますよ」

ということで、六百五十円だけ受けとる。こんなふうに電車内で小銭のやりとりをするカレシカノジョはいないだろうな、と思いつつ。

「本当にありがとうございました。駅が近くなったら、わたしが車両を移りますよ」

別々に電車から降り、別々に駅から出る、ということだ。

「すいません」

「いえいえ。謝るのはこちらです。ご迷惑をおかけしました」

「あれで、だいじょうぶですかね」

「だいじょうぶだと思います。これで引かないほど愚かではないでしょうし」

ならよかった。

無事にすんでよかった。


と思ったのだが。

そうはいかなかった。無事にはすまなかった。

すぐにそれが起きたのではない。間はあった。新山八尋があれこれ調べていたからだろう。

年が明け、一ヵ月以上が過ぎての、二月中旬。勤めている小学校に告発の電話があった。お宅の教師が児童の親と付き合っている、というものだ。

石村圭斗と吉井舞奈。名前まで出したそうだ。電話をしてきた本人は匿名。ただし、吉井舞奈の知人だとは言っていたらしい。だからまちがいない、とも言ったらしい。

やはり、疑っていたのだ。というより、確かめたかっただけ、なのかもしれない。

だがどうやったのか。

圭斗、の漢字を予想して一つ一つ執念深く調べ、この小学校の教師に、石村圭斗、がいることを知ったのか。

そうでなければ、探偵社か何かに頼んだのか。イシムラケイトという名前を伝えて。

それなら、同時に、吉井舞奈に付き合っている相手がいるかも調べさせただろう。だからそこそこ時間がかかったのだ。そして意外にも、石村圭斗、が舞奈の息子の担任教師であることがわかった。そういうことかもしれない。

舞奈と僕が付き合っているという調査結果は出なかったはずだ。現に、付き合っていないのだし。だが新山八尋にしてみればそれは好都合。ただし、気分はよくない。舞奈が自分を欺いたことは事実だから。

電話を受けたのは岩根教頭。相手は校長と話したいと言ったらしいが、そのときは不在だったので、岩根教頭が代わりに話を聞いた。そして成岡校長に伝えた。

杉原先生のときとちがい、成岡校長は自分から出てくるのでなく、僕を校長室に呼んだ。デリケートな問題だったからだ。

そこで僕はかかってきた電話の内容を知らされ、説明を求められた。

もちろん、説明した。すべてを包み隠さず話した。

自分に落ち度があることも認めた。軽はずみな提案をしてしまったこと、自分が交際相手の役を務めてしまったこと、がそれだ。

そのうえで、吉井舞奈さんと自分が交際している事実はないと、はっきり伝えた。

が。

実際に交際しているのでなければそんなことはしませんよね、と成岡校長は言った。

そうとるのが普通かもしれません。迂闊《うかつ》でした。とそこも認めた。

ただ、吉井さんは本当に困っているようでしたので。というそれは言おうか言うまいか迷い、言わなかった。言い訳になるような気がしたからだ。

僕が舞奈と付き合っているかはともかく。舞奈が付きまとわれて困っているという話を聞いた時点で成岡校長なり岩根教頭なりに報告しなかったことも問題視された。せめて学年主任の堂林先生には報告するべきでした。成岡校長はそう言った。

僕自身、もし報告するなら、成岡校長や岩根教頭にではなく、堂林先生にしていただろう。だが実際にそうする気にはならなかった。

堂林先生を信用していなかったわけではない。迷惑をかけたくなかったのだ。報告すれば、堂林先生に責任を押しつけることになるから。

そしておそらくは堂林先生が成岡校長に報告する。それは家庭の問題だと成岡校長は判断する。結局は、何もしないことになる。

舞奈と交際していないという僕の言葉を、成岡校長は最後まで信じなかった。それはもういいですから、付き合っているなら今すぐ別れてください、とだけ言った。

　僕は成岡校長に、あの談判がもとで疎まれていたのだと思う。杉原先生と古池さんの件で僕が成岡校長に意見してしまったあれだ。

　職員室でのことだったから、ほかの教師たちの前で僕が意見する形になった。言い換えれば、ほかの教師たちの前で僕が成岡校長をやり込める形になった。いい気はしなかったかもしれない。それを引きずっていたということも、もしかしたらあるのかもしれない。

　この話はすぐに広まった。まずは職員室に。

　ネットで拡散されたりする可能性がある学校全体の問題として、成岡校長自身が職員会議で教師全員にそれを伝えた。

　杉原先生と高藤先生は驚いていた。付き合ったんですか？　と杉原先生に訊かれ、保護者と付き合いませんよ、と答えた。ほんとですよね？　と高藤先生に訊かれ、ほんとですよ、と答えた。だがその程度。うそ臭くなりそうなので、自分からは何も言わなかった。

　杉原先生と高藤先生が信じてくれたかはわからない。普通そんなことしないですよね、と杉原先生は言ってくれ、石村先生はしないですよ、と高藤先生は言ってくれたが、それが本音だと言えるまでの自信は、僕自身にない。

　それからはいろいろ考えた。

　新山八尋に抗議する、という案も一度は頭に浮かんだが、すぐに消えた。こちらも虚偽の説明をしているから、強く出られる立場ではない。まず、何のことですか？　ととぼけられたらそれで終わりだ。電話をかけてきたのが新山八尋だとの確証はないから。

むしろ、こちらから新山八尋に近づくべきではない。それをしたところで、吉井舞奈にとっていいことは何もない。

その時点で、もう二月が終わろうとしていた。

ウチの学校は二年ごとにクラス替えがおこなわれる。児童が三年生になるときと、五年生になるときだ。一年生から二年生、三年生から四年生、のときはクラスと教師がそのまま持ち上がりになることが多い。

だがこんなことになったのだから、僕が来年度の二年三組の担任になることはないだろう。ないどころか、おそらく僕は異動になる。よその学校へ移る。

そこまで考えて、思った。

教師は楽しかった。続けられるなら続けたい。が、こうなったらしかたない。

そもそも、僕は資格をとりたかっただけなのだ。自分一人で生きていけるようにするために。東京で一人でやっていけるようにするために。

もちろん、手を抜いたつもりはまったくない。やれることはやってきた。今回はそのやり方をまちがえたのだ。

杉原先生と駅前で飲んだとき、これから先、何かはあるよ、と僕は言った。その何かが来た、ということかもしれない。

僕が甘かったことは事実。舞奈のカレシ役を務めると決めたとき、僕ははっきり、バレることはない、と思った。そしてはっきり、バレないのだからしてもいい、とも思った。ダメなのだ、教師がそれでは。

と、そう思える程度には僕も教師になれていたのだと思う。充分だ、と思うしかない。

こうなった以上、大事なのは舞奈と駿希だ。

新山八尋が広めようとしなくても、話は洩《も》れるかもしれない。この手の話は、洩れるものなのだ。尾ひれをつけて広がったりもする。

そうなったら、僕だけではない、舞奈も駿希も追いこまれる。あることないこと言われるはずだ。いいように叩かれるはずだ。

こうなったのは誰の責任なのか。カレシ役を僕に頼んだ舞奈か。そうではない。引き受けた僕だ。判断を誤った僕の責任だ。

と言いつつも。

自分が本当に判断を誤ったとは思えない。僕は自分が善だと思うことをやった。それは周りから見れば悪だった。要するにそういうことだ。

どうすればよかったのか。ほかにやりようはあったのか。

誰しもを納得させるやりようは、なかったのだと思う。

一番簡単なのは、自分が納得するのをあきらめることだった。そうしていれば、こうはならなかったはずだ。つまり、それは教師の仕事ではありません、と僕が舞奈に言っていれば。初めの個人面談のときからそんな対応をしていれば。

事実、ほとんどの教師がそうするだろう。教師も児童の家庭にまでは口を出せないからなぁ、と言って。口を出したいのはやまやまだけどなぁ、と少しは苦い顔も見せて。それは鉄板の言い訳になるのだ。親が子を様々な言い訳につかうのと同じで。

何であれ。おかしな事態を招いたことの責任はとらなければならない。

結局、僕は年度の終了を待って退職することにした。自己都合による退職、だ。

三月に入ってすぐ、僕はそのことを成岡校長に伝えた。

いや、やめなくても、と居合わせた岩根教頭は言い、よその学校へ異動するという手段もありますよ、と成岡校長は言った。いえ、やめます、と僕は言った。考えた結果です、と。

舞奈には一言言っておくべきかと思った。が、熟考の末、言わないことにした。舞奈のせいで退職することになったとは僕自身思っていない。なのに言うのは変だから。

強がりではない。これは本当にそう。僕は自身の判断で動き、自身の判断で退職する。それだけ。

修了式を終えての春休み。

有休を消化しているうちに次の仕事を探そう、と思った。そこは考えずに動こう、変に間を置くのはよそう、と。小学校を去った次の日にはもう新しい職場へ出勤。そのくらいでもいい。むしろそうしたい。

元教師でも雇ってくれそうなところ。前職をあまり気にしなそうなところ。警備会社が浮上した。夜勤もあって大変そうだが、その夜勤自体が魅力的なものであるようにも感じられた。夜勤なら人と接触しなくてすむだろう。一人で仕事ができるだろう。

必要な資格は入社後にとらせてもらえるとのことだったので、すぐに応募した。引っ越しも想定しつつ、とりあえずは近くにある会社を選んだ。

そしてすぐに採用された。まさに退職後すぐ。四月の初めから働きだすことができた。

そうなって、ようやく少し落ちついた。何がって、気持ちがだ。

引っ越さなくてよかった。負けなくてよかった。そう思った。はっきりとそう思ったことで、引っ越したら負けだと自分がとらえていたことに初めて気づいた。

自身の判断で退職した。それはいい。が。職場が替わるからだとしても、引っ越しまでする必要はない。これで引っ越したら、結局は自分がまちがっていたと認めるようなものだ。

つまらない意地、かもしれない。もしそうだとしても、それはやはりそれでいい。自分が善だと思うことをやったのなら、出ていく必要はない。

その後。僕が警備会社で新任教育を受け、現場に立つようになって二週間が過ぎたころ。

吉井舞奈から電話があった。舞奈はまだ僕の番号を残していたのだ。

僕自身は舞奈の番号を消去していた。いやなことは思いだしたくないから、ではない。前の職場で得た情報だから、だ。当然そうするべきだと思い、実際にそうした。

だから僕は、それが舞奈からの電話であることに気づかなかった。

にもかかわらず出たのは、三度かかってきたからだ。

初めの二度は出られなかった。勤務中だったのだ。出られたとしても出なかったと思う。知らない番号からかかってきたものなので。

三度めの電話は午前十時すぎにかかってきた。僕は当務明けで、眠りに就いたところだった。

寝るときはスマホをマナーモードにしておくことが多い。本当はサイレントモードにしておきたいのだが、それはダメなのだ。緊急時には会社から呼び出しがかかるから。

マナーモードでも、スマホが震えるだけでそこそこ大きな音はする。それで起きられる自信はあったからそうしていた。僕が敏感すぎるのか何なのか、普通に音が出るようにしておくと、かなり驚いてしまうのだ。あの緊急地震速報が気象庁から届いたときのように。

ベッドのわきのミニテーブルに置いていたスマホを手にとると、相手の確認をせずに電話に出た。

「はい」

「もしもし。石村先生ですか？　お世話になっております。吉井です。吉井駿希の母です」

「あぁ。どうも」

「お久しぶりです。と言うほどでもないですけど。今、お時間だいじょうぶですか」

「はい」

「すみません。早い時間にお電話してしまって」

「いえ。早くは、ないですよね」と少し寝ぼけ感が出る。

「石村先生、退職なさったんですか？」

「え？　あ、えーと、はい」

「先生がやめたみたいだと駿希から聞きまして」

「そう、ですか」

「担任の先生が替わったので異動なさったのかとも思ったんですけど。離任式のときに石村先生はいなかったとも駿希から聞いて。それで、電話をしてしまいました」

離任式。僕が児童として通っていた小学校では四月一日におこなわれていたが、教師として先月まで勤めていた学校では四月下旬におこなわれていた。

今はそんな学校も多いのだ。異動直後はバタバタするので、数週後に落ちついてからあらためてもとの学校にあいさつに行く。

その離任式に、僕の姿はなかったわけだ。

「そういうことでしたか」と僕が言い、

「本当におやめになられたんですか？」と舞奈が言う。

「はい。本当です。今はもうほかの仕事をしています」

「それは、あの、わたしたちのせいですか？」

「いえ、そういうことでは」というこのあたりでようやく目は覚める。

横たわって話すのも失礼なので、体の揺れが伝わらないよう、僕はゆっくりと身を起こす。そしてベッドの縁に座る。

午前十時すぎの暗い部屋。外は明るいはずなのに、部屋は暗い。

遮光カーテンはすごい。陽光をほぼ遮ってくれる。といっても、左右のすき間からは多少通してしまうが。そこは光がすごい。わずかなすき間も見逃さない。

こちらから尋ねる。

「そんなようなことを、誰かに言われたんですか？　例えば、僕が退職したのはあれが原因だというようなことを」

「いえ、そうではないですけど」

けど。少しはそういうこともあったのかもしれない。噂《うわさ》話ぐらいは出そうな気がする。何もなかったのなら、たぶん、舞奈はこんな電話をかけてこない。

「あの人、また店に来たんですよ」

「保険に入りに、ですか？」

「いえ、そうではなくて。というか、結果的にはそうなんですけど。石村先生と三人でお話ししたあのあとは、来ませんでした。あのときにしてた保険の話は、一度流れました。でもそのあとにまた」

「というのは、僕がやめてから、この四月になってから、ですか？」

「はい。それであの人は言いました」

「何と」

「うそをついた気分はどう？　と」

「あぁ。吉井さんは、何と」

「よくも悪くもありません。今日は保険のご相談ですか？　と。それからは、その話だけをしました。自分のことも石村先生のこともなし。保険の話だけ。それ以外の質問には何も答えませんでした。最後までそれで通しましたよ。何ていうか、わたしも本気で怒っていたので」

「で、あちらは」

「また来ますと言って、帰っていきました。その次の日、わたしは警察に行きました」

「え？」

「実際に行ったんですよ、警察署に。それまでのことを全部話しました。といっても、石村先生のことは話してません。そこは、知り合いの人に無理にお願いしてカレシの役をしてもらったと言いました」

「別によかったんですけどね。言ってくださっても。それで、どうなったんですか？」

「話を聞いてくれただけ。動きは何もありません。そうなることは初めからわかってたんですよ。でも相談した記録はちゃんと残してもらいました。あの人の名前も伝えてあります。というそれを、あの人自身にも伝えました。久しぶりに自分から電話をかけて。こっちは何もしてないんだから警察は動けないだろ、とあの人は言いましたよ。でも何かしたらあなたは終わりです、とわたしは言いました。本当にそのとおり言って、電話を切りました」

「そのあとは」

「電話はかかってきてませんし、お店にも来てません。今のところは」

「そうですか」

「そこでやっと思いました。先生が初めに言ってくださったときにこうしておけばよかったんだって。警察のお世話にはなりたくないっていう気持ちが、わたし自身に、どうしても、あったんですよね」

「それは誰だってそうですよ」

「せめて、もっと早くにこうすればよかったです」

「いえ。これでよかったんですよ」

そう。これでよかった。ここまでのことになったから、舞奈は本気で怒れた。新山八尋にその怒りを突きつける気になれたのだ。

だとすれば、僕の退職だって、決して無駄ではない。

# 冬　三十三歳

人の帰りを待つのは久しぶりだ。母の帰りを待っていた小学生のころ以来かもしれない。

あのころは家だったが、今は外。路上で待っている。そうするしかないので。

午後三時半からの三十分。その時間だけ待っていれば会えることはわかっていた。どの学校でも時間割はそう変わらないはずだし、四年生ならもう六時間授業がほとんどだろうから。

下校はおそらく三時半。

学校の校門の前で待てればベストだが、さすがにそれは無理。親でもない限りは難しい。何年何組の誰の親御さんですか？　と訊かれて答えられなかったら、その瞬間、不審者になってしまう。だからアパートの近くで待つしかない。とはいえ、そこは一方通行路。長時間立ち止まっているとやはりあやしまれる。

そこで、微妙にウロウロする。それはそれであやしいな、と思いつつ、近辺を行ったり来たりする。

小学校からアパートまでは二、三分。寄道することはないだろうと踏んでいる。どこかへ行くにしても、一度家に帰るはずだ。過去二回もそうだったように、小学生がランドセルを背負ったまま商業施設に入ったりはしない。

教師時代、僕は吉井舞奈駿希親子のことをほうっておけなかった。それは僕にしてみれば善だったが、周りから見れば悪だった。結果、僕は教師をやめた。

懲りてはいる。

だが警備員になっても、また似たようなことをしている。富田留里香のクレーンゲーム置引をあえて見逃した。

その二つは僕のなかで同一線上にある。それも僕にとっては善だったが、周りから見れば悪だろう。悪いことをした人を、善であるべき警備員が見逃したのだから。

だが僕は留里香の臭いを嗅《か》いでしまった。留里香が小学生のときの自分と同じ臭いを放っていることに気づいてしまった。比喩《ひゆ》としての臭いではない。現実の臭いだ。いいにおいは匂いと書き、不快なにおいは臭いと書く。その、臭い。

早い段階でそれを嗅いだことで、僕は何となく事情を察してしまった。だからあんなふうに動いた。

捕捉して、ゲームセンターの店長に来てもらい、判断を委《ゆだ》ねるべきだったかもしれない。その店長が警察を呼んでいたかはわからない。小学生ということで大目に見ていた可能性もある。

もちろん、親を呼んではいただろう。責めるためでなく、引き渡すために。

大人として正しいおこないだ。子がそれをしたことを、親には知らせるべきだから。

ただ。その親が、富田麻里香。子の晩ご飯をつくらないのはしかたないとして。子の晩ご飯代を置いていかない親。

吉井舞奈の件でああなったのは、息子の駿希が僕のクラスの児童だったからだ。それはそう。駿希がよそのクラスの児童だったら、ああしてはいなかっただろう。まず、僕のところへ舞奈からの相談が来るはずもない。

対して、富田留里香は、何でもない。知り合いですらない。まったくの他人。

それでも、ほうっておくことはできない。事態の深刻度は吉井家の遥《はる》か上を行っているようだから。

初めは、留里香の学校に言ってみるべきかな、と思った。だが学校は動かない。動けない、と言うほうが正しいかもしれない。

いきなり妙なことを言ってきたこの僕は何者なのだ、という話にもなる。元教師だと知れば、より警戒するかもしれない。こんなとき、元教師の元は本当に厄介《やっかい》だ。おそらくは教師自身でさえ、元教師を仲間とは考えない。

次いで、母親の富田麻里香に直接言ってみるべきかな、とも思った。だがそれは無理だとすぐにわかった。そんなことをしてもどうにもならない。僕がまさに不審者扱いされるだけだ。どう説明したところで、僕はただの敵。留里香にとってもマイナスにしかならない。

ここは冷静に、いや、冷たくいかなければいけない。そう思った。

僕は留里香の身内ではない。麻里香やジョウジの身内でもない。まさにまったくの他人。その他人だからできることを、しなければならない。

ということでの、今だ。

留里香と会って、話をする。起きていることを確認する。

もし留里香が麻里香やジョウジに僕のことを言うならそれでもいい。何ならそのほうがてっとり早い。ことをオープンにしやすくなる。

たいていの小学校で、児童はほぼ一斉に帰宅する。多くの子がいちどきに通るはずだから気づけないこともあるかと思ったが、気づけた。来た、とあっさり思った。それはやはり、留里香がほかの子とは少しちがう空気をまとっているからかもしれない。

行ったり来たりの来たりのとき。前から留里香が一人うつむき加減で歩いてくるのが見えた。アパートの前の路地のところで出会えるよう、僕は速度を調整して進んだ。そして立ち止まり、声をかけた。

「留里香ちゃん」

留里香も立ち止まり、顔を上げて僕を見る。

さすがに驚いたようだ。僕がいたことにではなく、声をかけられたことに。

「僕のこと、わかるよね？」

留里香はうなずく。

「学校は終わった？」

またうなずく。

「留里香ちゃんが帰ってくるのを待ってたんだよ。会えてよかった」

留里香が不思議そうな顔で僕を見る。

「といっても、別に大した用があるわけじゃない。ちょっとお話をしたかっただけ。一分、いや、二分かな。いい？」

「うん」と留里香は言ってくれる。そこは声を出してくれる。

「ご飯、ちゃんと食べてる？　給食じゃなくて、おうちでのご飯。晩ご飯」

留里香は答えない。

「今も、お母さんがお金を置いていってくれないことがあるのかな」

やや間を置いて、留里香は言う。

「たまに」

「そうか。じゃあ、お腹空いちゃうね」

「給食まで我慢する」

給食まで。長い。お腹がすき始めてから十八時間とか、そんなだ。

話を変えて言う。

「ジョウジさん。今も来るの？」

「たまに」と留里香は同じ言葉を返す。

初めて会ったときもしたように、目線を合わせるべく、留里香の前にしゃがむ。周りからはあやしく見えるかもしれないが、しかたない。今そんなことはいい。あやしくてもいい。

ここはもうぼかさない。いやなことをされたりしてない？　などと遠まわしに訊きはしない。僕は知ってるから、という感じに、はっきり訊く。

「ジョウジさんに、ぶたれる？」

下から見上げる。留里香の顔を見る。

「ぶた」と留里香は言う。「れる」

「強くぶたれる？」

留里香はうなずく。

言葉で言うのがいやなのだと思う。口にするとジョウジに聞かれてしまうような気がするのだ。

「物でぶたれたりもする？」

留里香はまたうなずく。

「今どこか痛かったりは？」

留里香は左肩から腕にかけてのあたりに右手を当てる。

「そこ？」

うなずく。

見せてほしいが、さすがにそうするわけにはいかない。半袖を着ている夏ならともかく、長袖を着ている冬の今は。

そしてそんな冬の今でも、やはり臭いは少しする。してしまう。とても悲しい臭いだ。

「どうかなってる？」

「紫になってる」

「痛い？」

「押すと痛い」

「じゃあ、薬を塗ったほうがいいね。湿布を貼るとか」

「そういうの、ない」

「あぁ」

失敗だ。考えが足りなかった。

あ、悪い悪い。やり過ぎた。痣《あざ》になっちゃったね。薬を塗ろう。湿布を貼ろう。

そうなるわけがないのだ。

「お母さんがいるときも、ぶたれる？」

「たまに」

「お母さんはジョウジさんを止めない？」

「止めるときもある」

止めないときもあるのだ。

「お母さんも、ぶつ？」

「たまに。でもお母さんはそんなに強くない。ほんとにたまにだし」

「そうか」

本当にたまにだとして。

たまにならいいと思う？　と訊いてみたい。留里香にではなく、麻里香に。

僕は立ち上がる。あらかじめ用意しておいた千円札をパンツのポケットから出し、留里香に差しだす。お金を渡すのはヤラしい。だがこれぐらいはいいだろう。

「もし今日もお金を置いてなかったら、これで晩ご飯を食べて」

留里香は千円札を受けとる。

ハンバーガーをおごったときは、ありがと、と言ってくれた。今はなし。

それでいいのだ。留里香は大人の言うことを聞いただけ。大人にお金を差しだされたから受けとった。子どもは晩ご飯を食べるべきなのだ。そこでありがとはいらない。

だが僕は言う。

「話してくれて、ありがとう。ごめんね。二分を超えちゃった。じゃあ、これで」

留里香が歩いてきたほう、小学校のほうへと歩きだす。すぐに振り向き、左手を軽く挙げる。

留里香がこちらを見ている。手を振りはしないが、小さくうなずいてくれたようには見える。僕がそう見たがっているだけだろう。

留里香がすぐに帰ってきてくれたから、時刻はまだ午後四時前。

そして、相談時間は午前九時から午後五時まで。それはあらかじめ調べておいた。

まだ間に合う。だが急ぎたい。

すぐに大通りに出て、タクシーを拾った。都営バスでも行けるようだが、そこは急いだ。

タクシーに乗るのは久しぶりだ。考えてみれば、一人で乗るのは初めてかもしれない。

驚いたことに、ドライバーは若い女性だった。こんな人もいるのか、と思った。そういえば、大学新卒でタクシー会社に入る人は増えているとのニュースを見たことがある。タクシードライバーなら夜勤もあるだろう。ちょっと親しみを覚える。

その女性ドライバーに僕が伝えた行先は、この区の児童相談所。驚かれるかと思ったが、そうでもない。わかりました、と言い、女性はすぐに車を出す。

走った時間は十分。午後四時には目的地に着いた。

児童相談所への通告。それは電話でもできる。果子も言っていたとおり、匿名でもできる。誰もがためらわずにできるよう、そうなっているのだ。迷っているうちに取り返しのつかない事態になることもあるから。

児童相談所は、通告を受けてから四十八時間以内に子どもの安全を確認することになっている。虐待の有無の判断は相談所の職員がする。一八九番に電話をかける人はそこまで考えなくていい。疑いレベルで電話をかけてしまってもいいのだ。

わかっている。本当はもっと早くに通告してもよかった。

ただ、確認はしたかった。果子が話していたような、近所の人の例もある。虐待を疑われて通告されたら、決していい気はしないだろう。誰が通告したのかと、自身、近所の人を疑ってしまうだろう。

匿名は、初めから考えなかった。やるなら石村圭斗としてやろうと思った。だから訪ねてきた。相談なら予約もできるらしいが、確認したうえでの通告なので、それはしなかった。

そのためか、少し待たされた。

といっても、十分弱。そのあいだに、富田麻里香のことを考えた。留里香ではなく、麻里香だ。

コロナで仕事をやめた麻里香。前向きな退職ではなかったのだろう。そこでまず一つ何かが変わってしまったのかもしれない。そして僕が通告することで、今後また何かが変わってしまうのかもしれない。だがそれでも。それは避けられないのだとしても。

こうすることが麻里香のためにもなる。実際、そうなのだと思う。ただ、そんな理屈をつけて逃げたくはない。僕がこうするのは、やはり留里香のためだ。

その後、個室で話を聞いてもらえた。

石村圭斗だと名乗り、職業も警備員だと明かして、事情を説明した。すべてを伝えることで、専門家に正しい判断をしてもらおうと思ったのだ。それはやはり電話では難しい。

瀬崎《せざき》さんというその職員も女性だった。四十代後半。母の面倒を見てくれた看護師の赤塚さんに少し感じが似ていた。

まずは僕がひととおり話し、そのあとで質問に答えた。かかった時間は三十分弱。瀬崎さんは、こちらの話も、質問への答も、丁寧に聞いてくれた。

「わかりました。あとはこちらで対処します」そして瀬崎さんは最後に言ってくれた。「ご来所、ありがとうございました」

結果がどうなったのかは教えてもらえないが、そんなことはかまわない。教えるべきでないのは当然だ。通告者は関係者でありながら部外者なので。

後日僕が富田留里香のアパートを訪ねることもない。散歩のついでにその前を通ることぐらいはあるかもしれないが、それ以上はない。

石村圭斗、の名が留里香から麻里香やジョウジに伝わり、何らかの形で対応を求められたら。そのときはきちんと向き合うつもりでいる。そのくらいの覚悟はある。

電話でもすむことをわざわざ訪ねてしただけだから、ことは案外早くすんでしまった。

まだ午後五時前。帰りはタクシーに乗る必要もないので、まずは歩いた。どこかで都営バスに乗るつもりでいたが、そのうち、ずっと歩いて帰る気になった。マンションまではおそらく一時間。普段の散歩と同じくらいだから苦でもない。

スマホのアプリの地図でルートを確認しながら進む。

冬だから、午後五時で空はもう真っ暗。それでもやはり東京の町は明るい。各所に光がある。その光が富田留里香にも届けばいい。結果、富田麻里香にだって届けばいい。

教師は僕にとって仕事。のはずだった。

長野のじいちゃんばあちゃん宅の近くに大学教育学部のキャンパスがあったことで、ほぼ自動的に進路が決まった。資格をとれるのがいい。それがあれば将来母のようになることはない。一人でも生きていける。そう思ったから教師になった。

教師は、そんな軽い気持ちでやれるものではなかった。それでいて、身になじんだ。始まりがどうであれ、教師になってよかった。そうも思えた。当たり前に、定年までずっとやっていくつもりになっていた。

そして、ああなった。

僕自身、迂闊ではあった。だが幻滅も大きかった。学校そのものは好き。だから、何だろう。漠然と、組織への幻滅、なのか。

僕が教師をやめたら引責ととられるかもしれない。つまり、実際に吉井舞奈と付き合っていたからやめるととられるかもしれない。そんな不安はあった。が。やめなくても。例えばその後異動しただけではあっても。そうとる人はとるのだ。だったら、なるべく早くやめたほうが親子への害は少ない。そう考えて、やめた。

その選択が正しかったのかはわからない。

ただ、僕は、また同じ状況になったら、たぶん、また同じことをする。もう少しうまく立ちまわりはするだろうが、児童の保護者が困っていたらたすけようとはする。児童自身が困っていたら、なおたすけようとはする。

児童相談所への通告。

もう教師ではないからこそできたことかもしれない。

元教師だからこそ、そして今は警備員だからこそ、ためらわずにできたことかもしれない。


もう限界、と感じるようになった。

一円玉が飛び出さないかを常に警戒しながらつかい続ける必要はないだろう。さすがにそろそろ財布を買い替えるべきだろう。

で、駅の北側の商業ビルに入っている雑貨店でいいものを見つけた。

僕が求めるタイプ。ファスナーが付いた四角い財布。なかで小銭ポケットが二つに分かれている理想的なそれだ。

ただし、革製で、値段が七千九百円。高い。千円の財布の次が七千九百円の財布。ほぼ八倍。痛い。

だから、一応、ほかの店も見てみようと思い、各階をまわった。

だが同様のものはなく、やはりあれにするかとその店に戻った。

財布やカードケースやキーケースなどの小物が置かれた一角に、一人の男子がいた。高校生ぐらい。私服姿。

店の隅。店員さんの目は届かなそうな場所だ。そしてその男子の態度、というか挙動。

あぁ、これは、と思った。だがまさかな、とも思い、少し離れたところから様子を窺った。

男子が見ていたのは財布。僕が目を付けていたものではない。二つ折りタイプ。

手にとって見たかと思うと。男子はそれを着ていたジャケットの内ポケットに入れた。スッと。自分の財布を入れるみたいに。

僕はそちらへと足を踏みだした。

男子が気づき、こちらを見る。が、すぐに商品棚のほうへ目を戻し、素知らぬ顔をする。

僕は寄っていき、商品棚を見つづける男子を横から見つづける。

男子がそれとなくこちらを見て、ぎょっとする。僕がじっと見ているからだ。

「えーと」と言い、男子は内ポケットから財布を出して、商品棚に戻す。

そして僕から遠ざかるように歩きだす。

迷ったが、僕も続く。

店を出たところで、男子がやはりそれとなく振り向き、またぎょっとする。僕がついてきているからだ。

だが走りだしたりはしない。勤めている店で僕がワイヤレスヘッドホンの万引犯を捕捉したときと同じ。あきらめた感じだ。僕を私服の保安警備員、万引Gメンだと思ったのだろう。

僕らはしばし見つめ合う。

男子が自分から言ってくる。

「捕まえないんですか?」

それにはこう返す。

「盗ってないんだから捕まえないよ」

捕まえないし、名前も訊かない。そんなことをするつもりはない。

とまどっている男子に、さらに言う。

「僕は警備員だよ。でもここのではない」

「え?」

「ここのではないけど、警備員。その仕事をしてる」

「そう、なんですか」

「そう。警備員として、教えとくよ。やる側はうまくごまかせてると思うのかもしれないけどね、見る側は、案外わかるんだよ。やる人は、動きがどうしても不自然になるから」

「あぁ」

「だからというわけじゃないけど。こういうことはしないほうがいい。捕まって初めて、自分はヤバいことをしたと気づくんだよ。君が思ってる以上に、周りの人たちはこういうのをヤバいことだと認識してる。それに気づく。で、気づくと、ずっと後悔することになる。自分はやった側の人間だという意識は、たぶん、なくならないから。そういうのはね、続くよ。三十歳になっても、四十歳になっても」

　自分が警備員だからそう言った。それは確か。だが石村圭斗個人として言ったような気もする。人は小さなことで悩みつづける。自分でも何故それで悩むのかわからないというくらい小さなことだとしてもそう。小さなことでないなら、悩みは死ぬまでなくならない。生きているあいだになくすのは無理。できるのは、悩みのもとが生まれないよう努めることだけだ。それが、ここまで生きてきての、僕の実感。

「あとは君の判断。それじゃあ」と言って僕は男子と別れ、店へ戻る。

　そして、ついに財布を買う。

　七千九百円。痛いなぁ、とは思うが。これでもう一円玉に煩《わずら》わされることはないのだという喜びがその痛さを上まわる。それでやっと普通の状態に戻るだけなのにこの喜びは何なのだ、といくらか戦慄《せんりつ》する。

　商業ビルを出ると、僕は、マンションに戻って財布にお金やカギやカードを移すべく、一方通行路を歩く。

今つかっている一円玉飛び出し財布はどうやって捨てればいいんだ？　とふと思う。ファスナーが付いているから、可燃ごみとは言い難《がた》い。だが合成皮革の部分は燃えるはずだし。ファスナー部分だけをうまく取り外すことはできない。となると、可燃なのか、不燃なのか。

前から歩いてきた小学生らしき男子が、すれちがいざま、言う。

「こんにちは」

ん？　と思いつつ、すぐに返す。

「こんにちは」

そのまま少し進んでから、振り向く。

すたすた歩いていく男子の後ろ姿が見える。おそらくは高学年。リュックを背負っている。塾にでも行くのかもしれない。

また不審者として警戒されたのかな、と思うが。それならそれでいい。男子が防犯意識を持っていることへの賛辞。僕が言ったのは、その意味での、こんにちは、でもあり、あいさつでもある。そういうことでいい。

何にせよ、自分がすぐに返せたことがうれしい。だいじょうぶ。ちゃんと動けている。ちゃんと周りが見えている。

新しい財布に、こんにちは。それだけのことで、何故か気分が上がる。

もうすでにマンションの手前まで来ていたが、少し戻って、カフェに入る。教師時代によく行っていたカフェだ。こぢんまりしているが、おいしいコーヒーが飲める店。警備員になってからは行かなくなっていた。なかなかいいタイミングがなくて。

そこで久しぶりにストレートコーヒーを飲む。グァテマラ。その言葉を口にすること自体が久しぶりだ。

長野にいたのは大学四年まで。そこではコーヒーを飲む習慣がなかった。結局、カフェがそこまで多くはなかったからだろう。

こんなふうに気軽にコーヒーを飲める店がいたるところにあるのだから東京はすごい。長野は長野で悪くないが、東京も東京で悪くない。悪くない、との言い方をする必要はない。いい。長野も東京も、いい。

その夜。

意外な人から電話がかかってきた。

番号を消してしまっていたから、登録名はなし。スマホの画面には十一ケタの数字だけが表示された。

それでも、出た。もしかしたら会社関係の誰かかもしれないと思って。

「もしもし」

「もしもし。石村先生ですか？　杉原です。えーと、前に小学校でお世話になった」

「あぁ。はいはい。どうも」

「お久しぶりです」

「久しぶり」

「お元気ですか？」

「まあ、どうにか」

「すいません。突然電話しちゃって」

「いや」

「今、だいじょうぶですか？」

「だいじょうぶ。よく僕の番号を残してたね。どうしたの？」

「いや、あの、まさに突然で何なんですけど。ぼく、結婚するんですよ」

「あ、そう。おめでとう」

「ありがとうございます。それで、あの」

「うん」

「相手が高藤なんですよ」

「え？　高藤先生？」

「はい。何か、そういうことになってしまいまして。いえ、そういうことにも何も、ぼく自身が働きかけたんですけど」

「働きかけたんだ」

「恥ずかしながら」

「別に恥ずかしくないでしょ」

「ぼくが異動したあとに高藤が電話をくれたんですよ。それが始まりというか何というか」

「へぇ。そうなんだね」

「はい。で、あの、高藤とも話して。石村先生に披露宴に来てほしいなって」

「あぁ。うーん。それは」

「いやですか？」

「いやではないけど。無理、じゃない？　杉原先生はいいの？　高藤先生も」

「はい。ぼくらは来てほしいです。石村先生にはいろいろたすけていただいたので」

「たすけてはいないよ」

「いいえ、たすけられましたよ。古池さんの件であんなふうに言ってもらえてなかったら、ぼくは教師をやめてたかもしれません」

「というのは、職員室で僕が校長先生に言ったこと？」

「それもそうですけど。そのあと二人で飲みに行ったときに言ってくれたこと、ですかね」

「だとすると。僕は逆に、やめるのもあり、みたいなことを言ったんじゃなかった？」

「教師を特別なものと考えなくていい、と言ってくれたんですよ。教師をやめる、ではなくて、仕事をやめる、と考えればいいんだって」

「あぁ」

「あれで、気持ちがすごく楽になりました」

「それだけで？」

「はい。そんなふうに考えたことはなかったんですよ。ぼくは、教師をやめるイコールもうおしまい、みたいに考えちゃってたんで」

「でも僕はあんなことになった人間だよ。僕自身が教師をやめちゃってる」

「ぼくも高藤も、石村先生が保護者と付き合ったとは思ってませんよ。校長だって教頭だって、思ってはいなかったと思います」

「それは、どうだろう」

「今はぼくも高藤も異動してちがう学校にいるので、石村先生のことを知ってる人は一人も披露宴に来ないと思います。というか、呼ばないです」

「いや、それは別にかまわないけど」

「石村先生には、ぜひ来てほしいです」

「あのさ」

「はい」

「石村先生はやめてよ。もうとっくに先生ではないんだから」

「あぁ、すいません。石村先生のことは、どうしても石村先生と言っちゃうんですよ。ぼくも高藤も」

　杉原先生が高藤先生を高藤と呼ぶのを新鮮に感じる。

　歳下だから呼び捨てにしているわけではない。杉原先生はそんなことしない。僕に対してだから、そうしているのだ。つまり高藤先生は、杉原先生から見ればもう身内だから。

「石村先生が、じゃなくて石村さんが来てくれたら、ぼくも高藤もうれしいです」

「そう言ってくれるなら、僕もうれしいよ。一度は教師になってよかったと思える」

「じゃあ、来てくれますか？」

「お二人がいいなら、喜んで」そして言う。「ただ、気はつかわないで。僕を知ってる人は呼ばないとか、そんなことはしてくれなくていいよ。杉原先生と高藤先生が呼びたい人を呼んで」

「そうします。ありがとうございます」

「礼を言うのはこっちだよ。声をかけてくれてありがとう」

杉原先生は少し黙ってから、言う。

「ぼくは、今でも石村先生がやめる必要はなかったと思ってますよ。でもやめた石村先生のお気持ちもわかります。って、また石村先生と言っちゃいました。すいません」

笑う。

この人はおもしろい。そして、優しい。高藤先生が惹かれるのもわかる。杉原隆一郎先生。もし僕に子どもができたら、担任になってほしい。

そんなことを思いつつ、尋ねる。

「杉原先生のお父さんとお母さんも、喜んだんじゃない？　お相手が高藤先生なら」

「そうですね。喜んでくれてるとは思います。隆一郎の相手もまさか教師だとは思わなかったと母が言ってました。そのあとに、早く子どもの顔が見たいとも父がつい言っちゃって。あわてて高藤に弁解してましたよ。あ、ごめんごめん、今のは個人的なあれで、プレッシャーをかけるつもりなんてまったくないからって」

「将来、杉原先生と高藤先生の子も先生、みたいなことになったらすごいね」

「親子三代ですか」

「うん」

「ぼくは、子どもは先生でなくていいと思ってますよ」

「そうなの？」

「はい。高藤もそう言ってます。子どもには子ども自身がやりたいことをやらせようって」

「自分で先生になりたいって言ったら？」

「それなら、反対はしませんけど」

「そういう話もしてるんだ？　高藤先生と。子どもの話」

「してますね。教師同士だと、子育てとか大変そうなので。前もってしておいたほうがいいと思って」

「平日は時間がないもんね」

「はい。それに、ぼくら、もう三十代で、まだ先でいいよね、とも言ってられないですし」

「そうか。そうだよね。そういえば、僕もそうなんだな」

「あ、これもそういえばですけど。いえ、そういえばは失礼ですけど」

「ん？」

「石村先生、いや、石村さん、今は何をなさってるんですか？　お仕事」

「警備員」

「警備員！」

「夜勤とかやってるよ。今日は休みだったけど、明日はそう。朝八時出勤で、明後日の朝八時まで」

「うわぁ。大変ですね」

「でも早めに言ってくれれば、調整して、披露宴には行くから。夜勤明けにそのまま行って披露宴で爆睡、みたいなことにはならないようにするよ」

「ありがとうございます。じゃあ、はっきり決まったらまたご連絡します」

「うん」そして僕は言う。「あ、そうだ。杉原先生」

「はい？」

「あのさ、財布は、どうやって捨てたらいいのかな」

「財布、ですか？」

「うん。合成皮革だけどファスナーが付いてる、みたいなやつ」

「あぁ。えーと、一般的には可燃ごみでいいと思うんですけど。自治体によってちがう、んですかね。そのまま可燃ごみでいいのか、ファスナーは外して不燃ごみにするのか」

「そうか。じゃあ、あれか、区役所に直接訊いたほうがいいか」

「そう、ですね。そうしてもらったほうが。でも、何でぼくに？」

「いや、ほら、前に、これからはごみ出しをちゃんとするみたいなことを杉原先生に言っちゃったから。ちゃんとするためにも、訊いてみようと」

「ぼくも別にエキスパートではないですよ」

「ごめん。もらった電話で、何か余計なことを」

「いえ。じゃあ、ほんと、ぼくもいきなりの電話ですいませんでした」

「いえいえ」

「失礼します」

「どうも」

電話を切る。

そしてさっそく、今かかってきたこの番号を再登録。

杉原隆一郎、のあとに、先生、も付ける。

自分のスマホの電話帳に、先生、と付く人が載っているのは悪くない。

いや。いい。

「おつかれさまでした」と僕が言い、

「おつかれ。下番報告したよな？」と中浦副隊長が言う。

「しました」

「した気になってるだけじゃないよな？」

「ないです」

じゃ、行けよ、とばかり、中浦副隊長はつまらなそうに右手を通用口のほうに振る。

あ、忘れてた。します。報告。と僕が言うほうがうれしいのだと思う。

そういう人なのだ、この人は。

それを理解したうえで付き合っていけばいい。避けるのではなく。

従業員通用口から出ると、僕は建物の裏手の一方通行路を歩く。

カラスはいない。生ごみが置かれていないからかもしれない。

大通りに出たところで立ち止まり、考える。

今日はこのあと果子と飲みに行く予定だった。だが当務を終えて着替えた際にスマホを見ると、その果子からＬＩＮＥのメッセージが来ていた。

〈急遽《きゅうきょ》残業。今日は無理。ごめん〉

〈了解〉と返した。

夜勤のあとの残業はほぼないと聞いていた。が、たまにはそういうこともあるのだろう。そして思った。看護師の残業。何か命に関わる突発的なことが起きてしまったのかもしれない。

昨日の朝の出勤時からもう今日は飲みに行くつもりでいたので、何というか、気持ちが宙ぶらりんになっている。

一人で飲みに行くかな、と思う。だがそれもちょっとなぁ、と思ったところで、あることを思いつく。

そこで、まずはＪＲの高架下にあるファストフード店に行き、コーヒーを飲んで時間をつぶした。ハンバーガーを買うために富田留里香と入ったあの店だ。

留里香との思い出に浸ろう、と思ったわけではない。あの店なら午前八時半でもやっているだろう、と思っただけだ。

モーニングのホットサンドか何かを食べることも検討したが、結局はコーヒーですませた。ただし、二杯。

そして結局は留里香のことも考えた。普通の子どもなら送れるべきごくごく普通の生活を、今この瞬間、留里香も送れているといいな、と。

それから、午前十時前に店を出て、大通りを北上した。

ショッピングモールに着いたのが十時ちょうど。まさに開店時刻だ。

開店直後ならお客さんもいないだろうと踏んでいた。ショッピングモール自体にではなく、吉井舞奈が勤める保険代理店に。

とはいえ、午前十時の予約が入っていることもあり得るよな、と思いつつ、エスカレーターで三階に上り、舞奈が今日そこにいるとも限らないよな、と思いつつ、店の前を通ると。

いた。

そのまま寄っていき、カウンターの前に立って、声をかける。

おはようございます、とどちらにするか迷い、こちらにする。

「こんにちは」

「いらっしゃいませ」と言い、舞奈はパソコンの画面に向けていた目をこちらに向ける。「あっ、先生」

「いえ、もう先生では」

「そうでした。じゃあ、えーと、石村さん」

「ちょっとだけお話、いいですか？」

「はい。どうぞ」

舞奈に手で示されたイスに座る。そして説明する。

「あの、偶然来たわけではないです。実は、吉井さんがここにいらっしゃることは前から知ってました。買物に来たときにお見かけしたので。あぁ、こちらに移られたのだなと、思ってました」

買物に来たとき。踏み台を買いに来たとき、だ。そのあと、僕はこのモールの一階で富田留里香も見かけ、ゲームセンターまでついていく。

「そうでしたか。声をかけてくださればよかったのに」

「お仕事中なのでお邪魔かと。今も、すぐ帰ります。一度ごあいさつをしておこうと思っただけですし」

「それはご丁寧に」

「あの、最近はだいじょうぶですか？」と尋ねてみる。

「あぁ。はい。最後にお話ししたのは、わたしが石村さんに電話をかけたとき、でしたよね？」

「そうですね。警察署に行ったと伺いました」

「あれからはもう一度も店に来てません。電話もかかってきてません。もう何年も経つんで、さすがにだいじょうぶだと思います。あの人はあの人なりに暮らしてるでしょうし」そして舞奈は言う。

「警察は、やっぱり強いですね」

「敵にまわしたら勝てないですからね」

「はい。もし駿希に何かあったら真っ先に疑われる、と思ったでしょうしね。それが自分とはまったく無関係なことであっても」

「一気に感じたかもしれませんね、警察の圧みたいなものを」

「はい。その程度の感覚は持ち合わせてくれててよかったです。ただ、石村さんには申し訳ないことをしたと思ってます。本当にすみませんでした」

「いや、そんなことないですよ。一連のことは、全部僕が自分の意思でやったことですし。学校をやめたのもそうです。やめさせられたとか、そういうことではまったくないです。だから、そんなふうには思わないでください」

「でも」

「吉井くんは元気ですか？」

「はい。元気です」

「今はもう五年生ですか」

「そうですね。だいぶ生意気になってきてます。心配だからスマホを持たせてはいますけど、ゲームとかでつかい過ぎちゃうんじゃないかって、そっちのほうが心配です」

「だったら、まあ、よかった。僕のことで、何かいやな思いはしませんでしたか？　あらぬ噂を立てられたりとか」

「だいじょうぶです。って、もしかしたらママ友が少ないわたしが知らないだけかもしれませんけど」

「少ないということは、ゼロではないんですね」

「はい。さすがに駿希が入学して五年。何人かは知り合いができました。保護者会なんかも、なるべく出るようにはしてます」

「そうですか。それもよかった」

「そういえば、石村さん」

「はい」

「眼鏡をかけられたんですね」

「あぁ。何ヵ月か前に、ここの下の店でつくりました。教師のころからもう目は悪かったんですけど。ごまかしごまかしで来ちゃってて。今はよく見えます。もっと早くから、いろいろなものをちゃんと見ておくべきでした」

このくらいでもう充分。そう思い、イスから立ち上がりながら言う。

「じゃあ、これで失礼します。あ、そうだ。もし保険に入ろうと思ったら、そのときは僕も話を聞かせてもらっていいですか？」

「もちろんです。ぜひ」

「いくつもは入れないと思いますけど、何かには入ります。貯蓄型のものかな」

「いつでもお待ちしてますよ。今みたいに空いていれば対応はできますけど、予約を入れていただくと確実です」

「わかりました。そのときはお願いします」

「こちらこそ」

一礼する。

頭を上げたとき、一瞬、吉井舞奈が石村有恵に見える。赤の他人である保険代理店の女性が、自分の母と重なる。

店をあとにする。下りのエスカレーターに乗る。

いてくれて、よかった。訪ねることにして、よかった。同じ町に住んでいるのだから、避ける必要はない。近づく必要もないが、避ける必要もない。

人と話をしたことで眠気は去ったが、さすがに腹は減ってきた。どうしようかな、と思いながら一階の通路を歩く。

そしてショッピングモールを出たところで、スマホに電話がかかってくる。

〈果子〉

出る。

「もしもし」

「もしもし。石村くん、起きてた？」

「うん」

「もう寝るとこだったりする？」

「いや。まだ外」

「そうなの？」

「ちょっと用があって」

「今どこ？」

僕はショッピングモールの名を挙げる。

「何、買物？」

「そんなとこ。何も買ってないけど」

「今、仕事が終わったの。これからはもう、無理だよね？」

「飲み？」

「うん」

「無理じゃないよ。ちょうどお腹減ってた」

「ほんと？　じゃあ、いつものとこで、いい？」

「うん。行くよ。ここからだと、歩いて十分か」

「もう着替えたから、わたしのほうがちょっと早いかな。先に入ってるね」

「わかった。すぐ行くよ」

「あ、ねぇ」

「ん？」

「飲む前に言っておきたい」

「何？」

「わたし、あの話を聞いて、ずっと考えてた」

「あの話？」

「留里香ちゃんの」

僕が通告した話、だ。児童相談所を訪ねた数日後に飲んだときに伝えていた。

僕が一方的に話しただけ。それについて、果子は何も言わなかった。同意はできないが異議も唱えない。そういうことだと僕はとらえていた。

「石村くんが人にたすけられてもいいんだと思うよ」

「え？」

「たすけるばかりじゃなくて、たすけられてもいいんだと思う」

「あぁ」

「でね、こうも思った。その役をわたしがやるのもありかなって」

「それは、どういう意味？」

「わたしもよくわからない。ただ、何か、石村くんと、もっといろんなことを一緒にやりたくなった。だからさ、今度こそ、昼にどこか行こうよ。美術館でも博物館でも水族館でも動物園でもいい。新宿でも渋谷でも銀座でも浅草《あさくさ》でもいい。夜勤がある者同士、明るい表通りを、腕を組んで歩いてやろうよ」

「そう、だね」

「覚えてる？　わたしたち、一応、マッチングアプリで知り合ってるんだよ。飲み友だち以上になってもいいの」

「そうか。いいのか」

「だから今日も飲んだあと、南側の店から北側の石村くんの部屋に移って飲み直す、なんていうのもありだし」

「そこは、やっぱり飲むんだ？」

「そう。飲むときは飲む」

「いいね」

「でしょ？」

「じゃあ、とにかく店に向かうよ」

「わたしも」

「十分後に」

「十分後に」

電話を切り、スマホをパンツのポケットに戻す。

何を、かはよくわからないが。やっと始められる。何かを。

そんなことを考えながら歩きだしてすぐに、思いつく。

またスマホを取りだし、電話をかける。

午前十時台。伯母なら、夜よりもこの時間帯のほうがかけやすい。

「もしもし」

「もしもし。圭斗ですけど」

「うん。珍しい。どうした？」

「今、だいじょうぶですか？」

「だいじょうぶ。何？」

「あの、今度、じいちゃんとばあちゃんの墓参りに行きたいんで、寄ってもいいですか？」

「あ、そうなの？　もちろん、いいわよ。来なさいよ」

「命日とかじゃなくても、いいですよね？」

「いいに決まってるじゃない。じいちゃんもばあちゃんもずっとそこにいる。逃げないわよ」

「そう、ですね」

「圭斗」

「はい？」

「じいちゃんとばあちゃんだけじゃなく、お母さんの墓参りもって、ちゃんと言いなさいよ。わたし、そう言われたって怒んないから」

「あぁ。はい」

「いつでもいいから、日を決めたら教えて。で、来たら、弓穂さんとなっちゃんにも会っていって」

「あぁ。はい」と同じことを言う。

弓穂さんとなっちゃん。智春くんの妻の弓穂さんと娘の夏衣ちゃんだ。

「何、今日は休み？」

「えーと、仕事明けです。夜勤明けというか」

「そうなのね。スマホの画面に圭斗って出たから驚いちゃったわよ。今度は警備員もやめるのかと思った」

　というその伯母ジョークについ笑う。

そう。僕は、教師をやめたときも、こんな時間帯に伯母に電話をかけてそのことを伝えたのだ。ばあちゃんに伝えたあと、伯母にも伝えたほうがいいだろうと思って。

「あ、そうだ。圭斗」

「はい」

「宮脇くんて子が会いたいって言ってたわよ」

「え？」

「宮脇くん。中学が一緒だったんでしょ？」

「そうですね」

「二ヵ月ぐらい前かな。ふらっとウチに来たの。で、そう言ってた。帰ってきたら連絡がほしいって。ばあちゃんが亡くなったときに帰ってきたんだけどって言ったらね、お線香上げてくれたわよ」

「そうなんですか」

「そう」

「彼は、宮脇くんは、今、何を」

「知らないの？」

「はい。こっちに来てからは連絡をとってないんで」

「地銀に勤めてる。銀行員。お線香を上げついでに、通帳をつくってほしいとも言われたわよ。もう持ってるって言ったら、ありがとうございますって。今度、定期預金でもしてあげようかしら」

銀行員。ゲームをやるためにいつも僕にお金を借りていた宮脇くん。貸す側にまわったのか。

「連絡をとってないなら、電話番号も知らない？」

「はい」

「来たときに聞いとけばよかったわね」

「まあ、それは。帰ったら、実家に行ってみます」

「そうして」

「じゃあ、いつ帰るか決めたら、また電話します」

「うん。夜勤、大変だろうけど、がんばってね」

「はい。ありがとうございます。じゃあ」

電話を切った直後に、あっと思う。智春くんから聞いたあれ。大学の学費のことを、言えばよかった。半分出してくれたことの、お礼を。

帰って会ったときに言えばいいか、と思い直し、歩きだす。無意識に立ち止まっていたのだ。伯母と話すのはやはり緊張するから。

夜勤、大変だけどがんばらなきゃな。そう言ってくれる身内がいるのだからがんばらなきゃな。

次いでこんなことも思う。

警備員指導教育責任者資格者証、をとるのも悪くないかもな。この先も警備員を続けるならいずれ必要にはなるだろう。だったらもうとってしまってもいい。最近五年間に警備業務に従事した期間が通算して三年以上である者、という条件を僕はすでに満たしているから。指導教育責任者。また先生っぽい立場になるのは皮肉だが。

先ほどくぐったＪＲの高架をまたくぐる。陽は遮られるが、昼間なので明るいことは明るい。

人には光があり、陰もある。

どちらも同じ人のなかにある。それは変えられない。

せめて光に優勢を保たせる努力ぐらいは、するべきかもしれない。

動けば光も射す。

小野寺史宜　おのでら・ふみのり

一九六八年、千葉県生まれ。二〇〇六年「裏へ走り蹴り込め」で第八六回オール讀物新人賞、〇八年「ロッカー」で第三回ポプラ社小説大賞優秀賞を受賞。ひたむきな青年の姿を描いた『ひと』が一九年本屋大賞第二位となりベストセラーに。著書に『まち』『いえ』『ホケツ！』『家族のシナリオ』『ひりつく夜の音』『夜の側に立つ』『ライフ』『とにもかくにもごはん』「タクジョ！」シリーズ「みつばの郵便屋さん」シリーズなど多数。

本作品は書き下ろしです。

君《きみ》に光《ひかり》射《さ》す

二〇二三年二月二五日　第一刷発行

著者　小野寺史宜
発行者　箕浦克史
発行所　株式会社双葉社
〒１６２－８５４０　東京都新宿区東五軒町３－２８
電話　０３－５２６１－４８１８（営業部）
０３－５２６１－４８３３（編集部）
http://www.futabasha.co.jp/
（双葉社の書籍・コミック・ムックが買えます）
印刷所　中央精版印刷株式会社
製本所　中央精版印刷株式会社



ISBN978-4-575-24603-2 C0093